KB079793

세상이 궁금해서
일찍 나왔니?

세상이 궁금해서
일찍 나왔니?

이철 지음

예미

아이를 맞이한, 그리고 맞이할 모든 이에게 선물이 될 이야기

나는 1.19kg으로 태어난 이른둥이의 아빠다. 많은 이른둥이는 태어나자마자 어른도 경험해 보지 못한 생사의 고비를 넘는다. 어른 손바닥만 한 작은 몸으로 힘든 시기를 이겨 나가는 아이를 보면서 부모는 많은 감정을 동시에 느낀다. 아이를 향한 미안함·죄책감, 상황이 더 나빠질 수도 있다는 걱정·불안, 무력감으로 힘들어하기도 한다. 그런데 내가 병원에서 본 장면 중 신기했던 장면이 하나 있다. 바로 신생아집중치료실 앞에서 아이 면회를 기다리던 모든 부모의 표정은 한결같았다는 점이다. 그것은 설렘과 긴장, 기쁨이 교차하는 표정이었다. 나 또한 그랬을 것이다. 한 생명의 탄생이 우리에게 갖는 의미란 바로 그 표정에 모두 담겨 있는 것 아닐까.

이처럼 생명 탄생이라는 축복을 기쁜 마음으로 누릴 수 있게 된 것, 30년 전이었다면 살기 어려웠을 이른둥이들이 지금은 건강히 클 수 있게 된 것은 인큐베이터 덕분이 아니다. 1년 365일, 명절 연휴에도 신생아집중치료실로 출근해 아이들을 지키고 돌보는 의료진 덕분이다. 이 책의 필자 이철 전 원장은 그 일을 해온 신생아 진료 전문의 중에서도 상징적인 존재이자 한국 신생아 진료사의 산증인이다. 1996년 670gm 초극소 저체중 출생아를 살려 내기도 했다.

그런 그가 자신이 평생 신생아 진료 현장에서 경험한 얘기를 수필로 쓴다고 했을 때 누구보다 기뻤다. 이른둥이 부모들에게 힘이 돼 줄 더없이 좋은 지침서가 될 것이라고 믿었기 때문이다. 하지만 한 권의 책으로 나온 그의 이야기를 모두 읽고 나니 내 생각이 틀렸다는 것을 알 수 있었다. 이 책은 이른둥이 부모뿐만이 아니라 아이를 둔 모든 부모, 앞으로 아이를 가족으로 맞이하게 될 모든 예비 부모를 위한 책이다.

이 책의 제목 '세상이 궁금해서 일찍 나왔니?'라는 말에는 지난 40여 년간 진료실에서 신생아들을 바라봐 온 그의 따스한 시선이 담겨 있다. 책 속의 모든 이야기에는 생생한 '현장'이 있다. 이 전 원장은 자신이 그간 보고 듣고 경험한 것을 바탕으로 엄마 아빠들도 잘 모르는 이른둥이 치료 과정, 쉽게 놓칠 수 있는 신생아 육아 상식, 신생아 전문의의 일상과 현실, 국내외 신생아 치료 역사와 과거 사건·사고 이야기를 친절하게 들려준다. 그 이야기를 따라가다 보면 연세대 의대 강의실에서 기생충학 수업을 듣는 20대의 이철, 미국 브라운대 연수 중 소아감염학 대가 앞에서 긴장된 얼굴로 발표를 하던 30대의 이철부터, 성인이 돼 자신을 찾아온 이른둥이와 해후하는 70대의 이철까지 모두 만나 볼 수 있다.

부모라면 누구나 아이가 태어나고, 걸음마를 떼고, 처음 "엄마"를 말하는 장면을 벅차오르는 순간으로 기억한다. 다만 시간이 지나면 그날의 기억과 감정이 희미해질 때가 있다. 그런 이들에게 이 책을 권한다. 책의 마지막 장을 넘길 때쯤이면 지금 이 순간 내 품에 안겨 있는 이 아이가, 우리 부부가 곧 가족으로 맞이하게 될 이 아이가 얼마나 소중한 존재인지 새삼 다시 느낄 수 있을 것이다.

안준용 조선일보 기자

Part *1*

이른둥이 천사들의 합창

Part *2*

어서 와, 신생아집중치료실은 처음이지?

| 이야기를 시작하며 |

요즈음 우리 사회는 초고령 사회로 진입하여 노인 인구가 많아짐에 따라 실버의료, 실버산업이 큰 관심의 대상입니다. 누구에게나 다가오는 삶의 아름다운 마무리를 위하여, 생명만 연장시키려는 무의미한 진료를 거부하는 '연명의료결정제도'가 운영되고 있습니다. '삶의 마지막 순간을 어떻게 맞을 것인가?'가 초고령 사회의 화두가 되고 있습니다. 죽음을 앞둔 암 환자들의 이야기인 암 치료 전문의 서울대병원 김범석 교수의 《어떤 죽음이 삶에게 말했다》가 베스트셀러가 됩니다.

'요람에서 무덤으로', 즉 탄생이 있어야 죽음이 있습니다. 생명의 신비, 삶의 첫 시작인 탄생에 대한 관심은 죽음보다 상대적으로 적습니다. 자기가 원해서 세상에 태어난 사람은 한 사람도 없습니다. 어쩌다 태어나서 이 세상 삶을 살아갑니다. 탄생은 이미 과거사가 되어 관심이 없나 봅니다. 앞으로 닥칠 '가는 인생'에 관심은 많아도 '나는 어디서 왔는가? 어떻게 이 세상에 태어났는가?' 시작에 대한 관심은 아주 적습니다.

연세대 명예교수이신 김형석 교수는 100년을 살아 보시고 《백년을 살아보니》라는 베스트셀러를 내셨습니다. 그러나 탄생에 관한 자기 경험, '태어나 보니'를 쓸 사람은 누구도 없습니다. 일평생 탄생의 현장을 지켜보고, 노심초사 어린 생명들을 살리기에 집중했던 의사의 증언이 필요하다고 생각되었습니다.

병원에 입원하는 환자들의 나이는 다양합니다. 엄마와 같이 입원한 태아부터 신생아, 청소년, 그리고 백세 노인까지 전 연

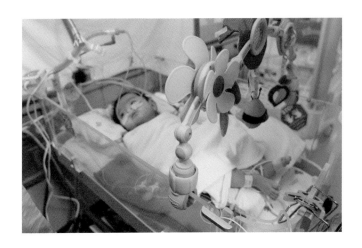

령대의 환자들이 입원합니다. 극과 극의 진료 현장이 공존합니다. 새 생명 탄생의 현장인 산부인과 분만실이 있습니다. 죽음과 연계되는 진료를 하는 호스피스 병동이나 인생의 종착역까지 노년을 좀 더 건강하게 지나도록 도와주는 노년내과도 있습니다. 극과 극은 서로 만나게 되어 있습니다.

　나는 소아과 의사 중에서도 신생아 진료 전문 의사입니다. 평생을 생명의 탄생 현장에서 보냈습니다. 소아과는 심장소아과, 소아신경과, 소화기소아과 등 전문 진료 분야가 다양합니다. 갓 태어난 신생아를 진료하는 소아과 의사를 신생아 진료 전문 의사라고 합니다. 태어나서부터 생후 4주 미만의 신생아나 미숙아를 입원시키고 진료하는 분야가 '신생아 진료'입니다. 일반 소아과 의사도 신생아 진료는 꺼립니다. 신생아, 특히 몸무게가

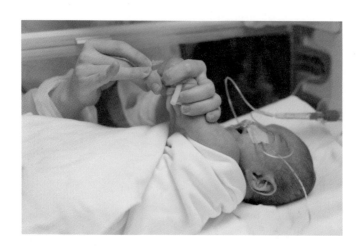

1kg도 되지 않는 극히 작은 미숙아들을 진료하다 보면 출생체중 3.2kg 되는 만삭 신생아는 거인처럼 느껴집니다. 실낱같이 가느다란 미숙아의 혈관을 찾다가 돌쟁이 아기의 혈관을 보면 마치 밧줄처럼 느껴집니다. 그래서 신생아 진료 분야를 '소아과 중의 소아과'라고 부른답니다.

신생아들은 태어나는 순간 천지개벽과 같은 엄청난 생리적 변화를 겪습니다. 태아는 엄마의 자궁 내에서 편안하면서도 100% 의존적인 삶을 살고 있었습니다. 분만실에서 엄마와 분리되는 순간부터 완전한 독립적 인생을 시작하여야 합니다. 대부분 독립적 인생의 출발 과정이 순조롭습니다. 순조롭다고 하지만 의학적으로 보면 이 순조로운 과정이 엄청난 생명의 신비

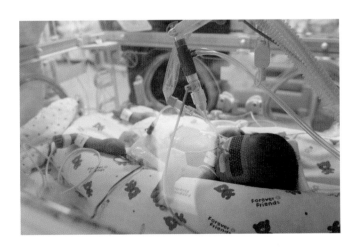

입니다. 여러 가지 이유로 새 인생의 출발을 순조롭게 하지 못하는 아기들도 많습니다. 이러한 아기들을 치료하는 신생아집중치료실NICU, Neonatal Intensive Care Unit은 한 작은 생명을 살리기 위한 치열한 생명 존중의 현장입니다.

수십 년 내에 대한민국이 지구상에서 사라질 첫 번째 나라라는 기사를 자주 봅니다. 대한민국을 지구상에서 사라지지 않게 하려면 이미 세상에 태어난 한 생명이라도 잃지 않고 살려야 합니다. 손에 쥐면 부스러질 것 같은 가녀린 어린 생명을 살리기 위한 현장의 투쟁 이야기를 전하려 합니다. 아직까지 어느 언론도 들여다보지 않았고, 정부와 국회도 관심을 보이지 않은 아기 살리기 현장의 생생한 이야기입니다.

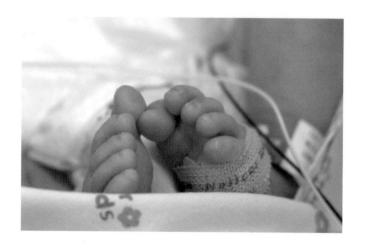

나는 이 글을 신생아 진료의 불모지였던 우리나라에 신생아학을 도입하고 이끈 서울대병원 윤종구 명예교수, 가톨릭대 성모병원 고 조성훈 명예교수, 나의 멘토 연세대 세브란스병원 고 한동관 명예교수, 울산대 아산병원 피수영 명예교수께 바칩니다. 지금도 음지에서 불철주야 대화할 수 없는 어린 생명을 살리기 위해 혼신의 힘을 쏟고 있는 나의 동료와 후배 신생아 진료 전문 의사들과 간호사들께 바칩니다. 특히 나의 신생아학 스승이자 멘토인 미국 브라운대학교 우먼앤드인펀츠병원Women & Infants' Hospital, 모자병원의 윌리엄 오William Oh 교수에게 드리고 싶습니다.

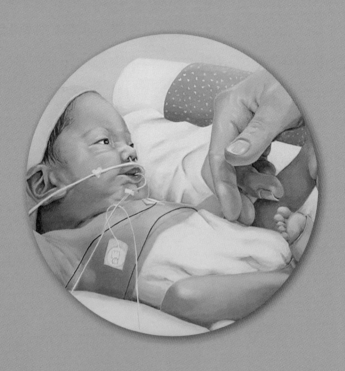

PART *1*

이른둥이 천사들의 합창

태어나자마자 바로 숨을 쉰다는 것 자체가
어찌 보면 참으로 신기한 일이다.

출생은 태아에게 천지개벽

과거 기록 영화에서 자주 볼 수 있었던 한 장면이 있다. 신생아가 태어났는데 숨을 쉬지 않는다. 대단히 위급한 상황이다. 분만 의사는 한 손으로는 아기의 두 발목을 잡고 거꾸로 매단다. 의사의 다른 손으로 아기의 등이나 엉덩이를 때리는 자극으로 숨을 쉬게 한다. 태어나는 순간부터 즉시 숨쉬기를 시작하지 않으면 산소가 부족하여 뇌에 손상을 준다. 뇌성마비 환자의 흔한 원인 중의 하나가 분만 직후 생긴 저산소증이다.

어른인 의사나 간호사의 손과 아기 몸의 사이즈를 비교하여 보라. 어른 손의 크기가 아기 키의 2/3가량 된다. 어른 손은 아기에게는 어마어마하게 큰 물체라서 흉기가 될 수도 있다. 내가 아기라고 상상하여 보라. 나를 거꾸로 매달고 나 자신의 몸뚱

이만큼 큰 물체가 나의 등이나 엉덩이를 때린다. 아무리 가볍게 때린다고 하여도 내 키와 비슷한 커다란 손을 사용하는 것은 자극이 아니라 거의 구타에 가깝다. 분만 직후 세상 구경을 처음으로 하는 순간에 거꾸로 매달린 상태에서 얻어맞는 것이다. 과거 이런 일은 영화가 아닌 실제 분만 시에 자주 일어나고 있었다. 의과대학 학생 시절 산부인과 실습 때 이런 장면을 보고 '아기가 얼마나 놀랄까?' 하고 걱정을 하던 생각이 난다.

요사이 분만실에서는 이런 폭력적 자극은 절대 일어나지 않는다. 물론 출생 후 숨을 쉬기 시작하는 것이 분과 초를 다투는 중요한 일이지만, 갓 태어난 아기에게 폭력에 가까운 경험을 하게 하는 일은 없다. 출생 후 호흡이 없을 때는 아주 부드러운 자극을 준다. 아기를 눕혀 놓고 아기 등을 부드럽게 쓰다듬는다.

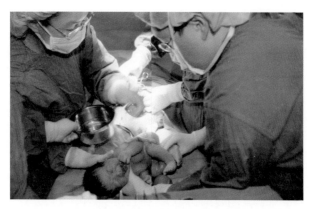

천지개벽의 순간

그래도 아기가 숨을 쉬기 시작하지 않으면, 발뒤꿈치를 의사나 간호사의 손가락으로 퉁겨 준다. 과거처럼 아기가 거꾸로 매달려서 구타를 당하는 일은 다시는 일어나지 않는다.

신생아에게는 출생이란 그야말로 천지개벽天地開闢이고 하늘이 놀라고 땅이 움직이는 경천동지驚天動地이다. 완전 암흑의 세계 속에 살다가 빛의 세계가 펼쳐진다. 엄마의 심장박동 파장만 듣다가 생전 처음 들어 보는 온갖 소리에 노출된다. 그리고 따듯한 자궁 밖에 나오니 처음 경험하는 세상이 '왜 이리 추울까?'라고 느낄 것이다. 숨을 쉬지 않아서 호흡을 위한 처치가 필요한 경우도, 복사열 기구가 준비된 따듯한 아기용 침대에서 처치를 한다. 아기 침대에서 입안에 가득한 양수가 폐로 들어가는 것을 막기 위하여, 입안으로 고무관을 넣어 양수를 빼낸다.

만일 갓난아기에게 일기를 쓰게 한다면 이런 출생 후 첫 경험을 어떻게 표현할지 궁금하다. 태아는 어머니 자궁 안에서 자신이 하는 일은 아무것도 없다. 그저 캄캄한 자궁 내에서 잠만 자고, 아주 심심하면 가끔 발길질도 한다. 자궁 내에서는 태아는 자신이 호흡조차 할 필요도 없다. 어머니 태반을 통해 성장에 필요한 영양분을 공급받기 때문에 배도 고프지 않다. 독립체가 아니라 엄마에게 껌딱지처럼 딱 붙어 사는 기생 생활을 하는 시기이다.

출생 직후부터 전혀 다른 세상이 펼쳐진다. 살기 위하여 필요한 모든 일을 스스로 하여야 한다. 숨을 쉬어야 하고, 심장도 뛰어야 하고, 젖을 먹기 위해서 빨기를 시작하여야 한다. 언제 누가 이런 것을 가르쳐 준 적이 있는가? 이런 엄청난 일들을 한 치의 오차도 없이 시작한다.

모유를 입과 위와 대장을 거쳐 항문을 통하여 대변으로 배출시키는 소화운동 과정을 보자. 소화 작용에 참여하는 소화기 근육들은 기가 막히게 서로의 일을 잘 나누어 분담하고 협동한다. 모유를 빨 때 여러 근육들이 힘을 합하여 입안을 음압으로 만든다. 음압이 되어야 젖이 입안으로 흘러들어 오게 된다. 빨아들인 입안의 젖을 식도에서 위로 내리기까지, 식도와 위장의 근육이 차례차례 순서대로 움직여서 모유를 위에 내려보낸다. 이렇게 많은 근육들이 서로 협동작업을 하지 않으면 모유가 한 방울도 위로 내려가지 못하고 입에 남아 있을 것이다.

출생 즉시 공기를 들이마시고 내뿜는 운동을 시작한다. 폐와 심장 그리고 위장관을 움직이기 위하여 수많은 미세 근육들이 한 치의 오차도 없이 협업하여 함께 움직이는 것을 보면 감탄사가 절로 나온다.

로봇이 공장이나 식당에서 인간을 대체하는 일부 단순작업들을 한다. 출생 후 일어나는 이런 일련의 뇌신경과 근육들의 고난도 협동작업은 로봇이 할 수 없다. 아무리 인공지능이 발달하여도 인공지능을 설계하고 정보를 주입하는 일은 사람이 한다. 자궁 내에서 엄마에게 붙어 기생 상태에 있던 태아가 출생 후 모든 생리작용을 독자적으로 수행하는 일은 아무리 인공지능이라 할지라도 하지도 못하고, 영원히 할 수도 없는 일이다.

세상의 어떤 의사도 의사가 모든 병을 고친다고 생각하지 않는다. 의과대학 학생 시절 의사국가고시를 준비하면서 내과 교과서를 공부할 때 깨달은 사실이다. 수많은 병 중에서 절반 이상의 병의 원인을 모른다고 쓰여 있었다. 놀라운 일이었다. 수술 시에 외과 의사가 절개한 피부를 실로 봉합을 하지만, 절개한 부분의 살이 자라나서 붙어야만 꿰맨 실을 제거할 수 있다. 절개한 피부가 서로 붙지 않는다고 봉합한 실을 영원히 둘 수도 없다. 살이 자라지 않으면 외과 의사도 수술을 할 수가 없다. 내과 의사만 많은 병의 원인을 모르는 것이 아니다. 외과 의사도 이런 근본적인 한계를 가지고 있다.

인체 세포를 현미경적으로 들여다보거나 복잡한 생리학적 기능들을 연구할수록 인체 구조에 대한 감탄사가 절로 나온다. 경이로움에 입을 다물 수가 없다. 은밀한 생명의 신비를 속속들이 깨닫고 보면 우리 몸을 설계하신 '위대한 디자이너'가 있음을 인정할 수밖에 없게 된다. 우리 몸이 진화에 의하여 우연히 생긴 것이 아니다. 기가 막힌 디자인 능력을 가진 창조주의 신묘막측한 작품이란 것을 절감하게 된다. 창조주 하나님이 계시다는 것을 믿게 되는 순간이다.

출생 후 여러 장기가 독립하는 과정이 순조롭게 진행되지 않으면 의사 신세를 지게 된다. 신생아과 의사는 분만 후 모든 장기에서 정상적 기능이 일사불란하게 일어나지 않을 때 도와주는 일을 한다. 심장병이나 암의 치료는 '낫게 한다'가 목표이다. 신생아 치료는 기생 생활에서 독립된 개체로 변화하는 과정을 잘 적응하도록 전인적으로 '도움을 준다'는 것이 적절한 표현이다. 분만 직후에 나타나는 변화는 생후 어느 시기에도 볼 수 없는 독특한 변화라서, 질환이라고 부를 수도 없다. 그래서 신생아과를 '소아과 중의 소아과'라고 부른다.

98일의 기적

'670gm^{그램} 초미숙아, 1년 만에 정상아로'

'의술이 만든 제2의 탄생'

'신촌세브란스병원 의료진 개가'

문갑식 기자의 1996년 11월 23일 자 조선일보 사회면 톱기사의 제목이다.

우리나라 신생아 평균 출생체중은 3,300gm 정도이다. 출생체중이 670gm이면 평균 출생체중의 1/5 정도로 작은 아기이다. 미숙아이며 초극소 저체중 출생아에 해당한다. 아기 크기가 어른 손바닥 정도이며, 키도 볼펜 길이 정도이다. 출생 예정일보다 4개월이나 일찍 임신 26주에 출산하여 출생체중이 670gm밖에 되지 않았다. 어머니가 임신중독증이 있었고 일찍 양수가 터져 조산되었다. 아기가 얼마나 작은지 상상이 잘 안 되면 '근' 으로 팔리는 쇠고기를 생각하여 보라. 쇠고기 한 근의 무게가 600gm이다.

1990년대 당시 우리나라 미숙아 치료는 1,000gm 미만의 초극소 저체중 출생아를 살리는 것이 목표였다. 우리나라 병원들의 미숙아 치료 성적이 향상되어 출생체중 1,000gm 이상의 미숙아 생존율이 급격하게 높아지기 시작한 시기였다. 그러나 출생체중 1,000gm 미만 미숙아라도 750gm은 건너지 못할 또 다른 강이었다. 즉 출생체중 750gm 미만 미숙아는 생존 가능성이 거의 없었다.

아기가 98일간 신생아집중치료실에 입원하는 동안 생사를 넘나드는 사투가 벌어졌다. 폐가 성숙하지 못하여 숨을 쉬지 못하였다. 인공호흡기를 사용하여 강제로 숨을 쉬게 하는 치료가 생후 40일까지 계속되었다. 폐가 쪼그라져 숨을 못 쉬기 때문에, 출생 직후 폐를 펴 주는 폐 표면활성제를 폐에다 직접 투여하였다. 심장 검사에서 동맥관이 열려 있는 것이 발견되었다. 동맥관을 막아 주어야 심장에서 폐로 피가 가게 되고, 전신에 산소공급이 원활하게 된다. 약물치료를 통하여 열려 있는 동맥관을 막는 데 성공하였다. 호흡을 돕기 위하여 산소를 투여하는데, 산소가 망막을 손상시키는 미숙아망막증이 발생하였다. 미숙아망막증 치료를 위하여 안과 망막치료팀도 치료에 참여하였다. 뇌 초음파검사에서 뇌의 기능에 영향을 주는 소량의 뇌실 출혈도 발생하여 뇌 초음파 추적검사가 진행되었다.

인큐베이터 내에 있더라도, 아기에게 모유나 우유를 먹이기 시작한다. 빠는 힘이 없으므로 위에 삽관하고, 넣은 삽관을 통하여 희석한 모유나 우유를 공급한다. 소화 능력이 약해서

당시의 치료 과정을 소개한 1996년 11월 23일 자 조선일보 기사

극소량부터 수유를 시작하여야 한다. 희석한 모유를 주사기에 넣어 수액펌프를 이용하여 시간당 0.5mL 정도 아주 소량부터 천천히 수유하기 시작하였다.

출생 시 몸무게가 670gm밖에 되지 않았지만, 수액제한요법으로 생후 7일째에는 몸무게가 500gm까지 감소하였으나 입원 98일간의 사투를 잘 견뎌 내고 몸무게가 2,300gm이 되었다. 백일잔치를 이틀 앞둔 출생 후 98일 만에 엄마 품에 안기게 되었다.

입원 초기에 어머니에게 생존 가능성이 희박하다는 말씀을 여러 번 드렸다. 그럴 때마다 어머니는 의료진을 믿으며 아기의 치료에 최선을 다하여 달라는 부탁 말씀만 하였다. 입원 기간이 길어지면 통상 아버지도 면회를 오는데 아버지 모습을 볼 수 없어 그 사유를 물었더니, 아버지는 중동 건설현장에 있기 때문에 올 수가 없다 하였다. 정말로 어머니의 믿음과 인내는 위대하였다. 극히 작은 생존 가능성에도 불구하고 아기에 대한 사랑과 의료진에 대한 전폭적인 신뢰로 아기를 살려 낸 것이다.

엄마 품으로 돌려는 드렸지만, 아기가 너무 작게 태어났고, 입원하는 동안 어른도 견디기 힘든 여러 어려운 치료 과정을 거쳤기에 아기의 인지기능과 운동발달이 걱정되었다. 태어난 지 11개월째, 돌 전 어린 아기의 인지능력과 운동발달을 측정하는 베일리^{Bayley} 검사를 시행하였다. 지능발달 점수와 운동발달 점수 모두가 정상아 수준의 결과가 나왔다. 감사하고 놀라운 일이었다.

신생아 진료 시에 반드시 염두에 두어야 하는 점이 있다. 의사들은 생명을 살릴 뿐만 아니라 삶의 질도 염려하여야 한다는 것이다. 당시 언론에서 보면 670gm짜리 아기가 살아난 사실은 큰 기삿거리였다. 그러나 바로 알리는 것보다는 조금 늦더라도 발달 상태까지 확인한 후에 보도 여부를 결정하기로 하였다. '출생체중이 얼마나 작은 아기를 살리느냐'라는 기록도 중요하다. 그러나 생존 후 '아기의 지적발달과 운동발달 상태가 또래와 같이 살아갈 수 있는 수준까지 발달하였느냐'도 생존만큼 중요한 일이라고 생각하였다.

오래전부터 언론에서는 미숙아 관련 기사를 많이 다루어 왔다. 1988년 5월 16일 미국 시사주간지《Newsweek》지의 표지 사진으로 인큐베이터 내의 아기 사진이 실렸다. 우리나라에서도 미숙아를 '이른둥이'라고 부르듯이 미국에서는 'preemie'라고 부른다. 표지 큰 제목이 'Preemies'였고, 소제목은 'Five years ago, saving a two-pound baby was remarkable. Today, the miracles begin at one pound.

5년 전, 2파운드짜리 아기를 구한 건 놀라운 일이었다. 오늘날, 기적은 1파운드에서 시작된다.'였다. 출생체중 900gm 미숙아를 살리는 일이 경이로웠으나, 이제는 450gm의 작은 미숙아까지도 살리는 기적이 시작되었다는 특집기사가 《Newsweek》지 표지를 장식하였던 것이다.

《Newsweek》 1988년 5월 16일 자 표지

1996년 조선일보의 '670gm 초극소 저체중 출생아의 생존' 사회면 톱기사가 전국의 신생아 집중치료실에서 마음을 졸이고 있는 미숙아 아기 부모들에게 큰 희망이 되었기를 바랐다. 작은 미숙아를 살리기 위하여 여러 전문 분야 의사들과 팀워크가 필요하다. 소아안과, 소아심장과, 소아외과, 소아재활의학과 등 협진한 진료 분야 선생님들 명단까지 기사로 내어 준 조선일보사에 감사했다. 670gm의 미숙아를 생존시킨 후 25년이 지난 2021년 11월, 조선일보 〈아무튼, 주말〉에는 출생체중 288gm의 초극소 저체중 출생아를 생존시킨 아산병원 김애란 교수의 인터뷰가 크게 실렸다. 이제는 우리나라 신생아 집중치료의 수준도 이처럼 발전하여 세계적 기록에 도전하고 있다.

가장 작은 응급환자

대학병원 응급실은 다양한 환자로 늘 붐빈다. 임종을 앞둔 노인 환자부터 신생아까지 전 연령의 환자가 내원한다. 전공의 1년 차 시절에는 응급실 내원 소아 진료를 위한 응급실 콜을 받는다. 응급실 내원 소아 환자가 많은 날 당직을 서면 입원환자보다 응급환자 진료로 밤을 새우는 경우가 흔했다.

응급환자 중의 응급환자가 앰뷸런스에 실려 오는 갓 태어난 신생아이다. 응급실 도착하자마자 바로 응급처치가 시작되어야 한다. 신속한 응급처치를 하려면 아기의 상태를 미리 파악하고 있어야 한다. 대부분 신생아를 분만시킨 산과 병원과 신생아를 입원시킬 대학병원의 소아과와는 서로 환자 상태에 대한 정보 공유가 있다. 아기를 분만시킨 산과 선생님은 신생아집중치료실 병상이 확보된 대학병원으로 아기를 보내야 한다. 병상 확인 없이 아기만 불쑥 응급실로 보내서는 안 되기 때문이다. 병상 확보 병원을 찾다 보면 자연스럽게 소아과 당직의사에게 아기 상태에 대한 정보를 제공하게 된다. 그래서 소아과 당직의사는 아기 상태에 대한 정보를 미리 가지고 응급실에서 대기하고 있게 된다.

태아가 미숙아로 분만될 가능성이 있을 때는 큰 병원으로 이송하여야 한다. 이때 두 가지 이송 방법이 있다. 하나는 신생아 출산 후 미숙아를 이송시키는 것이다. 또 다른 방법은 출생 전 태아가 자궁 내에 있을 때 산모를 이송시키는 것이다. 개원 산부인과에서 산전 진찰을 하다가 태아의 성장이 지연되거나 태아에게 조기 분만이 일어날 이상징후가 보이는 산모가 있다. 안전한 분만을 위하여, 개원 산부인과 병원에서는 대학병원이나 산부인과 전문병원으로 산모를 보내어 전원된 병원에서 분만을 시키는 경우가 흔하다. 산모 이송이란 태아에게 이상이 있는 경우 분만 전에 아기가 아니라 산모를 대학병원으로 이송시키는, 즉 미숙아가 아닌 태아를 이송하는 것이다.

개인 의원에서 신생아 분만을 하였는데, 분만 직후부터 신생아가 숨을 잘 쉬지 않는다면 분만을 담당한 산과 선생님은 참으로 난감하다. 되도록 빠른 시간에 응급처치를 할 수 있는 신생아집중치료실이 있는 대학병원으로 아기를 보낼 수밖에 없다. 대부분 신생아는 태어난 후 바로 숨을 쉬기 시작하지만, 숨을 쉬지 않는 돌발적 응급상황이 종종 발생한다. 산과 병원에서는 숨을 쉬게 하려고 여러 치료 방법을 시도하여도 계속 숨을 쉬지 않으면 바로 앰뷸런스에 아기를 태워 호흡 전문 처치가 가능한 병원으로 보내게 된다. 매우 위급한 경우에는 아기가 이송 도중에 사망하는 경우도 있다.

태어나서 숨을 잘 쉬는 것이 지극히 자연스럽고 당연한 것으로 생각한다. 누가 숨 쉬는 방법을 가르쳐 주지도 않았는데 분만 즉시 스스로 숨을 쉬기 시작한다. 분만 조금 전까지도 아기는 엄마 자궁 안에서 숨을 쉴 일도 없이 편안하게 10개월 동안 있었다. 태어나자마자 바로 숨을 쉰다는 것 자체가 어찌 보면 참으로 신기한 일이다. 호흡을 시작하기 위하여 뇌신경부터 시작하여 말초신경으로 호흡 시작 신호가 전달되어야 한다. 신경 신호에 따라 수많은 호흡 근육 사이에 협동작업이 일사불란하게 일어나야, 숨을 들이쉬고 내쉬게 되는 것이다. 실로 신묘막측하다.

신묘막측이란 단어를 사전에서 찾아보면, 신령하고 기묘하여 감히 측량할 수 없는 일을 뜻한다. 하나님의 초월적이며 신비로운 능력을 강조하는 표현이다. 폐가 어떻게 움직이며 호흡이 어떻게 시작되는지를 아는 의사이기에, 분만 직후 호흡이 시작되는 과정을 보면서 실로 창조의 섭리를 느끼지 않을 수 없다.

응급실에 도착하면 우선 마스크로 산소를 공급하며 아기가 숨을 쉬도록 여러 자극을 시도한다. 그러나 계속 숨을 쉬지 않으면 바로 기관지에 삽관한 후 기계를 사용하여 인공호흡을 실시한다. 특히 미숙아인 경우 기도가 너무 작아 기관지 삽관 전문인 마취과 당직의사도 어려워할 때가 있다. 이럴 경우에는 자주 미숙아 삽관을 시행한 경험이 많은 신생아 집중치료 전문 의

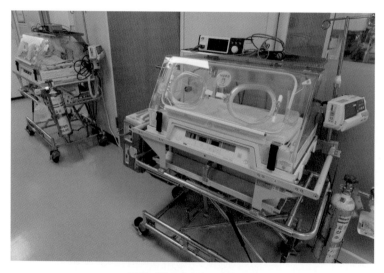

이동용 인큐베이터 타고 이사 왔어요

료진이 나서기도 한다.

태어난 신생아가 숨을 쉬지 않을 때나 미숙아를 전원할 때는 이동용 인큐베이터transfer incubator를 사용하여 신생아를 이송한다. 그러나 어머니 자궁 같은 인큐베이터는 없다. 분만 후 이송 중에 신생아 체온 관리에 실패하여 일단 저체온에 노출되면 치료 예후가 나쁜 경우가 흔히 있다. 태어난 아기를 옮기는 중에 산소공급이 부족하면 뇌에 손상을 줄 수도 있다. 산모 이송은 아기에게도 산모에게도 그리고 개원 산부인과 원장님에게도 모두 좋은 일이다. 세 사람 중에서도 아기가 제일 행복하게 된다. 태어나자마자 덜커덩거리는 앰뷸런스를 타고 추위에 떨거나 경적을 울리며 시내를 가로지르지 않아도 되기 때문이다.

인큐베이터가 하는 일

"태아는 어머니 자궁 내에서 소변을 봅니다."

"임신 말기 자궁 내 양수의 대부분이 태아의 소변입니다."

"양수의 양에 따라 태아의 질병 진단도 가능합니다."

"태아의 콩팥에 이상이 있으면 소변 생성이 약해 양수가 적습니다. 또, 태아의 식도에 이상이 있으면 삼킴을 못해 양수 순환이 되지 않아 양수 과다가 됩니다."

이런 사실을 산모들에게 알려 주면 깜짝 놀란다. 양수에는 소변 외에 태아에서 떨어져 나온 솜털도 있고, 드물게는 태아의 대변인 태변도 있을 수 있다.

신생아를 물속에 넣으면 가르쳐 주지도 않았는데 수영을 한다. 이런 영상물들이 간혹 TV에도 방영되어 보는 사람을 놀라게 한다. 신생아가 물과 친한 이유는 어머니 자궁 내에서 양수가 가득한 물주머니 안에 태아가 떠 있었기 때문이다.

아기를 싸고 있는 양막이 파열되지 않는 한 태아는 세상의 병균과 차단된 무균 상태의 양수에서 헤엄을 치고 있다. 자궁 내에서 태아는 어머니 체온과 같은 일정한 체온을 유지할 수 있고, 건조한 공기에 노출되지 않기 때문에 습도 유지를 위하여 가습기도 필요 없다.

미숙아가 태어나면 인큐베이터에 들어간다. 인큐베이터에 입원시키는 목적은 두 가지이다. 첫째는 아기의 체온을 유지시켜 주기 위한 것이고, 둘째는 일정한 습도를 유지하기 위해서이다.

분만 시 체온 관리에 실패하여 저체온이 되면 저혈당에 빠지게 되거나, 심하게 체온이 내려가면 심장마비까지 이르게 된다. 출생 즉시 분만실에서는 아기의 몸에서 양수를 닦아 준다. 양수를 닦아 주지 않으면 수분이 증발하면서 열도 함께 빼앗아 가서 체온을 떨어뜨리기 때문이다. 신생아가 출생 후 숨을 잘 쉬지 않으면 응급상황이 된다. 신생아의 호흡을 위한 응급처치를 할 때도 체온을 유지시켜야 한다. 이때 응급처치는 신생아의 머리 위에 발열기를 장착한 복사온열기radiant warmer 위에서 이루어진다.

신생아 처치에서 체온 유지는 가장 중요한 필수사항이다. 외부 병원에서 분만하다가 신생아 상태가 나빠져 대학병원으로 이송하는 경우가 있다. 이때 신생아 이송은 이송용 인큐베이터를 사용한다. 하지만 응급실 도착 당시 저체온이면, 집중치료를 하여도 그 결과가 좋지 않을 때가 많다. 체온 관리는 아기의 생사를 가를 만큼 중요하다.

또 미숙아의 습도 관리를 위하여 인큐베이터에 입원시킨다. 출생체중 1,000gm 미만인 초극소 저체중 출생아 치료 시에 인큐베이터 안의 습도를 100%까지 유지한다. 인큐베이터 내부에 아기가 보이지 않을 정도로 물안개가 끼어 있고, 인큐베이터 벽에 물방울이 주렁주렁 맺혀 있는 경우도 있다.

임신 3개월 된 태아의 몸무게 중 94%가 물이다. 24주가 되면 86%, 출생 시에는 신생아 몸무게의 78%가 물이다. 거의 물주머니라고 해도 과언이 아니다. 인큐베이터 안이 너무 건조하면 피부를 통해 수분이 빠져나가서 탈수가 된다. 신생아의 몸무게 중 대부분을 수분이 차지하기 때문에, 체내 수분은 부족하여도 또는 과잉되어도 아기의 치료에 악영향을 미친다. 특히 출생체중이 작을수록 피부로 나가는 수분이 증가하여 탈수 상태가 되면 사망에 이를 수도 있다. 집중치료에서 수액치료가 생존 여부도 가르는 중요한 치료가 된다.

태아는 산소와 성장에 필요한 영양소를 어머니 자궁 내에서 태반을 통하여 공급받아 왔다. 출생 후 호흡이 어려운 아기에게 인공호흡기를 사용하여 산소를 공급할 때도 있다. 모유나 우유를 빨 수 없기 때문에 성장에 필요한 필수 영양소도 혈관주사를 통하여 공급하여야 한다. 산소나 영양소 공급은 인큐베이터가 할 수 없다. 인큐베이터는 어머니 자궁의 역할 중 일부만 담당하는 것이다. 어머니 자궁의 역할 중에서 인큐베이터가 대신하여 줄 수 있는 일은 체온 조절과 습도 유지뿐이다.

환자와 대화할 수 없는 의사

"환자는 원래 아픈 거예요."

환자들이 의사들에게서 듣는 섭섭한 말 중의 하나다. 환자는 아프지 않으려고 입원까지 했으니까.

그러나 최근 병원에서는 환자의 통증 해결을 가장 중요한 진료 목표로 삼고 있다. 아프지 않으려고 입원했는데 아픔의 호소를 방치하거나 무시하지 말아야 한다. 통증도 심한 정도에 따라 10단계로 나누어 세심하게 환자의 통증을 해결하려고 노력하고 있다.

입원환자들이 아픔을 호소할 때 '콕콕 쿡쿡 쑤시며 아프다', '무지룩하게 아프다' 등등 아픔의 표현도 다양하다. 입원환자를 회진하다 보면 주치의사와 입원환자 간에 많은 대화가 이루어진다. 회복이 순조롭게 진행되면 감사 인사를 받기도 하지만, 때로는 옆 환자의 신음소리에 대한 불편한 이야기들도 나누게 된다. 장기간 입원하는 환자들과는 자녀 문제나 부부 문제 등 인생 상담까지 하는 경우도 있다. 그러나 입원환자들과 가장 많은 대화 중의 하나는 통증에 관한 것이다.

퇴원하는 날 아침 회진 시간에는 통증에 대한 대화는 거의 사라진다. 그간 치료에 감사하다는 좋은 인사를 듣게 되고, 퇴원 후 복용할 약, 음식이나 운동 등 일상생활에서 지켜야 할 사항들에 대한 많은 질문이 쏟아진다.

병원에는 여러 종류의 입원실이 있다. 입원실을 나누는 기준은 일단 수술을 하느냐 않느냐에 따라 외과계와 내과계 입원실로 크게 나뉜다. 성별로 나누는 산부인과는 여성만 입원한다. 소아과와 내과는 나이로 나눈다. 이렇게 입원실은 장기별, 성별, 그리고 나이별로 다양하게 나누어진다. 입원실 중에서도 일반병실과 달리 중환자가 입원하는 병동이 따로 있다. 생명이 위중한 환자를 위한 입원실을 중환자실ICU, Intensive Care Unit이라고 부른다. 이곳은 보호자가 상주할 수 없고 정해진 면회시간만 보호자 출입이 허용되며 모든 처치를 간호사들이 전담하는 곳이다.

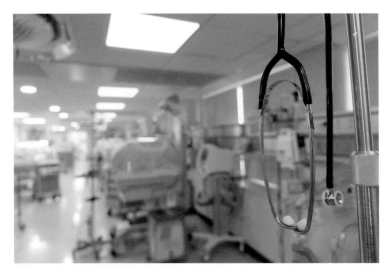

앙증스러운 미숙아용 청진기

중환자실도 내과 중환자실, 신경외과 중환자실, 심장내과 중환자실 등 전문 진료 분야별로 나뉜다. 다양한 중환자실 중에서 미숙아와 아픈 신생아를 치료하는 중환자실을 신생아집중치료실NICU, Neonatal Intensive Care Unit이라고 부른다.

신생아 진료 전문의는 평생을 신생아집중치료실에서 인큐베이터에 있는 미숙아와 아픈 신생아를 치료하며 보낸다. 신생아집중치료실의 회진 모습은 다른 병실의 회진 모습과 사뭇 다르다. 환자와 의사와의 대화가 없다. 아니, 대화가 불가능하다. 입원환자인 아기들이 말을 못하기 때문이다.

신생아집중치료실 회진을 하다 보면 이룰 수 없는 바람이 하나 생긴다. 환자들과 속 시원하게 대화를 나누어 보고 싶어진다. '머리가 아파요', '배가 아파요' 또는 '콕콕 쑤셔요', '무지륵하게 아파요' 등의 말을 듣고 싶다. '조금 전 먹었던 모유가 소화가 잘 안 돼요', '밤새 기계 소리 때문에 잠을 잘 못 잤어요' 등등의 말을 듣고 소통을 하고 싶다.

과거 어느 과학자가 인큐베이터 내의 소음을 측정한 적이 있다. 놀랍게도 비행기 엔진이 돌아가는 정도의 큰 소음이 인큐베이터 내에서 측정되었다. 가습기와 가열기가 돌아가는 소리였다. 그러나 이런 소음에 시달려도 아기는 불편함을 호소할 수가 없다. 참으로 아기에게 미안한 일이다. 의사들에게는 아기에게 부착된 심전도 등 감시 모니터의 '삑삑'거리는 기계음과 '쉭쉭' 하는 미숙아 호흡을 도와주는 인공호흡기 작동소리만 들렸기 때문이다. 물론 인큐베이터 내 소음에 대한 연구 발표 후 인큐베이터 소음은 완전하게 차단되었다.

우스갯소리로 신생아 진료 의사들은 "환자와 말을 할 수 없으니 우리가 마치 수의사 같아"라고들 한다. 환자들과 대화 대신에 신생아집중치료실 밖에서는 면회 오신 부모, 조부모와 대화가 이루어지고, 신생아집중치료실 내에서는 의사와 간호사 등

의료진 간의 대화만이 있다.

정신과 의사들은 환자와 대화 없이는 밥 벌어 먹고 살 수 없다지만, 신생아 의사는 이렇게 아기들과 대화 없이도 밥 벌어 먹고 살고 있다.

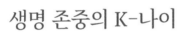

생명 존중의 K-나이

"임신 31주에 태어나, 생후 13시간 된 현재 몸무게 1,350gm의 미숙아입니다."

신생아집중치료실 회진 시 아기 담당 전공의의 첫 설명은 나이와 몸무게로 시작된다. 회진 시에 환자 나이를 생후시간 단위로 말하고, 몸무게를 그램으로 보고하는 환자는 신생아밖에 없다. 돌 때쯤 되면 아기 나이는 생후 몇 개월로 부른다. 투여약을 조제할 때도 몸무게를 그램에서 이제는 킬로그램으로 계산하게 된다. 초등학생 정도 되면 나이를 햇수로 계산한다. 그러나 병원 밖 세상에서는 중년에 접어들면, 나이를 만 나이와 음력 나이 두 가지로 부르기 시작한다.

신생아집중치료실에서 시간 단위로 환자 상태를 설명하는

이유는 신생아 출생 후 급격한 생리 변화 때문이다. 특히 생후 72시간 내에는 이러한 신체 변화가 상상하기가 어려울 정도로 급격하다. 이 시기에 생리적 변화가 순조롭게 이루어지지 않으면 입원이 필요한 환자가 되어 버린다.

　신생아는 생후 72시간 내에 혈당 수치와 적혈구와 백혈구 등 수치가 시간 단위로 변한다. 이때의 수치 변화는 성인의 정상 수치와는 매우 다르다. 신생아의 혈당을 포함한 여러 수치 변화는 신생아 체내의 수분량의 변화에 따른 것이다. 출생 후 체내 수분이 감소하여 출생체중에서 5~10%까지 체중이 줄어드는 것이 정상적인 생리 변화이다.

이른둥이 살리기 전략회의

체중이 줄어들면 아기 어머니와 아버지의 걱정이 이만저만이 아니다. 예를 들면 1,000gm으로 태어난 미숙아는 900gm으로 체중이 감소하였다가 생후 2주쯤 되어서 출생체중 1,000gm으로 회복된다. 생후에는 몸에서 물이 빠져나가는 것이 정상이다. 수분 생리 변화를 모르고 치료를 하다 보면 몸에 물이 과다하게 고인다. 이런 아기의 경우 치료 결과가 좋지 않다. 특히 미숙아에서 정확한 수액치료는 집중치료의 가장 기본이 된다. 투여하는 수액 양을 정하기 위하여 하루 동안 몇 번씩 체중을 측정한다. 소변으로 배출되는 물의 양을 알기 위하여 기저귀 갈 때마다 기저귀 무게를 잰다. 기저귀 무게는 디지털 체중계를 사용하여 그램으로 계산한다. 시간 시간마다 성인이나 소아 환자에게서는 볼 수 없는 세심하고 정성스러운 초집중 치료가 필요하다.

평생을 이렇게 신생아집중치료실 신생아들의 나이를 시간 단위로 계산하다 보니 습관이 되고 말았다. 자연스럽게 음력 나이를 비과학적이며 비의학적인 나이로 취급하게 되었다. 어떻게 설만 지나면 생일이 지나지도 않았는데 저절로 한 살을 더 먹는단 말인가? 시간 단위로 쪼개어 진료하는 의사로서 음력 나이란 정말 황당한 나이라고 생각하고 있었다.

어느 날 온누리교회 하용조 목사님의 설교 중에 큰 깨달음이 왔다. 말씀의 요지는 '우리 선조는 참 슬기롭다. 우리 조상들은 수태 순간부터 태아도 생명으로 존중하였기에 자궁 안에 있는 기간에도 나이를 먹는다고 생각한 것이다. 그렇기에 음력 나이는 진정으로 생명을 존중하는 나이이다'라는 말씀이었다.

음력 나이는 우리 선조들의 슬기로운 생명 존중 사상에서 시작되었던 것이다. 신생아의 생명을 다루는 의사로서 음력 나이에 대하여 새로운 시각을 가지게 되는 계기가 되었다.

세계에서 우리나라만 음력을 사용한다며, 음력 사용을 폐지하려는 여론이 형성되고 있다. 이에 덩달아 신문 논설을 비롯한 언론과 방송들도 동조하는 기사를 내보내고 있다. 그러나 음력을 존속시키고 양력과 병행 사용하면 좋겠다. 물론 정년 나이 또는 지하철 사용이나 고궁 무료입장 기준 나이 같은 공식적 정부 행정업무에서는 양력을 사용하여야 한다.

서양에서는 개념조차도 없었던 음력 나이를 사용한 선조들의 생명에 대한 경외와 지혜를 계승하여야 한다. 음력을 우리나라만 사용한다면, 음력 나이는 요사이 흔히 쓰이는 말로 'K-나이'이다.

오래전부터 낙태에 대한 논란이 계속되고 있다. 주로 임신 후 몇 개월까지를 생명으로 보느냐가 쟁점이다. 낙태 허용 임신주 수를 정하기 위하여 여러 논쟁이 있다. 심지어 태아를 무생명 또는 물건으로 취급하여 분만 전이라면 임신 중 어느 시기에도 낙태를 허용하자는 극단적 주장까지 있다. 수태 초기는 생명이 아니라서 수태 후 일정 기간이 지나야 생명으로 취급하자고 한다. 예를 들어 생명을 수태 3개월 이후로 정한다면, 3개월 하루 전에는 생명이 아니고 하루 지나면 생명이란 말인가? 누가 생명의 시기를 정의할 수 있단 말인가?

낙태를 쉽게 허용하라는 또 다른 주장이 있다. 주로 여성 인권이라는 미명하에 낙태를 합리화시키려 한다. 그러면 태아의 인권은 무시해도 되는가? 우리 조상들은 수태 순간부터 생명체라고 생각하여 음력 나이를 사용하여 왔다. 태아가 어머니와 함께 지낸 후 태어나는 순간이 오고 세상 밖으로 나오면 바로 나와 같은 인간, 생명체가 된다. 지금 살아 있는 우리 모두가 태아였던 시절이 있었다. 음력 나이라는 것을 생명 존중의 개념에서 보아야 한다. 그러면 여성의 인권과 태아의 인권을 동등하게 바라보게 된다.

신생아 의사들은 소아과 의사들조차도 살릴 가망성이 없다고 생각하는 극히 작은 생명들을 살리기 위하여 지금도 불철주야 혼신의 힘을 쏟고 있다. 자유로운 낙태를 주장하는 집회에 참여하는 분들에게, "제발 예정일보다 일찍 태어난 미숙아를 살리려고 노력하는 신생아집중치료실 현장을 한 번이라도 방문하여 주십시오!"라고 말하고 싶다. 신생아와 미숙아를 치료하는 우리 신생아 의사와 간호사들은 태아도 당연히 한 생명, 한 인권으로 존중해야 한다고 그들에게 외치고 싶다.

세상이 궁금해서 일찍 나왔니?

"침대에서 절대 안정하세요. 되도록 대소변도 침대 위에서 해결하세요."

분만 예정일을 한두 달 앞둔 산모가 갑자기 배가 아프고 조기 진통을 겪으면 산모는 깜짝 놀라며 조산에 대한 두려움에 쌓이게 된다.

산부인과를 방문하고, 자궁문이 조금 열린다는 진단을 받는다. 조기 진통으로 조산이 예상되는 일이 실제로 벌어진 것이다. 산부인과 선생님들은 절대안정absolute bed rest을 위하여 입원을 시킨다. 절대안정이란 식사는 물론 대소변까지도 침상에서 보게 할 정도로 극단적인 운동 제한을 시키는 것이다.

추수 때가 되면 하루 햇살이 추수량에 큰 영향을 미친다. 날

씨가 벼 소출에 커다란 영향을 주는 것이다. 이와 마찬가지로 출산 예정일이 가까워질수록 태아가 하루라도 더 어머니 자궁 내에 있어야 한다. 태아의 모든 장기가 하루가 다르게 성숙을 더해 가기 때문이다. 출산 전 하루를 어머니와 함께 있는 것과 하루 일찍 조산하는 것에 따라 미숙아 치료 결과가 크게 달라질 수도 있다. 그래서 산부인과 선생님들은 최대한으로 분만을 늦추어 태아가 하루라도 더 자궁 내에서 자라도록 절대안정을 시키는 것이다.

만삭아는 어머니 자궁에서 40주를 채우고 분만된 아기를 말한다. 분만 예정일에 때맞추어 태어난 것이다. 어머니와 세상에 나가기로 약속한 날짜를 지킨 것이다. 보통 우리가 상상하고 통상 보아 왔던 아기들이다.

미숙아는 자궁 내에서 40주를 채우지 못하고 37주도 되기 전 세상에 태어난 아기이다. 앞으로 펼쳐질 세상이 너무 궁금하고 호기심이 많아서, 약속한 날짜보다 먼저 세상 구경을 하고 싶었을까?

어머니와 태어나기로 약속한 분만 예정일을 지키지 못하고 미숙아로 태어나는 원인은 다양하다. 자궁 내에서 태아를 감염으로부터 보호하기 위하여 태아를 싸고 있는 막을 양막이라 부른다. 양막이 파손되어 양수가 밖으로 흘러나오면 자궁 내의 양수가 거의 비워지게 된다. 태아가 자궁 내에서 살아가기가 불편한 환경이 되어 버린다. 이때 자궁이 수축하기 시작하고 조기분만이 일어난다.

어떤 경우에는 어머니의 자궁이나 요로의 감염이 조기 진통을 일으키기도 한다. 대부분 미숙아 출생 원인은 자궁의 조기 수축이다. 자궁이 왜 일찍 수축되고 조기 진통으로 이어지는지 그 원인은 밝혀내지 못하고 있다.

미숙아와 반대로 과숙아도 있다. 과숙아는 미숙아와는 달리 자궁 내에서 너무 오래 있었던 아기이다. 임신 42주를 지나서 태어나 지각생이 된 것이다. 자궁 내에서 나이를 먹어 버렸다. 과숙아 아기는 주름이 많다. 피부가 쪼글쪼글하여 노인처럼 보일 때도 있다. 손톱 발톱이 길게 자라고, 머리카락도 길어져서 장발이 된다.

과숙아가 때로는 미숙아만큼 위험할 때도 있다. 태아가 자궁 내에서 만든 대변을 태변이라 한다. 태변의 구성성분은 양수와 태아의 피부 솜털, 떨어져 나온 위와 대장 세포, 그리고 담즙 등이다. 담즙 때문에 태변의 색깔은 검은 녹색이다. 우리말로는 태변을 '배내똥'이라고 부른다. 어머니들이 좋아하는 명품 '베네통'과 비슷한 발음이다. 태변은 분만 후에 보아야 정상이지만 과숙아들은 산소가 부족한 환경에 이르면 자궁 내에서 태변을 보아 버린다. 자궁 내에서 태변을 보았다면 태아가 자궁 안에서 편히 있지 못했다는 증거이다. 분만장에서 보면 양수가 태변으로 오염되는 경우가 종종 발생한다.

분만 시에 아기가 태변을 흡입하면 기흉이라는 위급한 상황이 발생할 수 있다. 기관지가 태변으로 막혀 폐의 허파꼬리가 터지는 응급상황이 기흉이다. 기흉이 생기면 폐 밖으로 공기가 가득 차서 폐가 쪼그라들고 호흡을 할 수 없게 된다. 그래서 분만 시 양수가 태변으로 오염된 상황이 일어나면, 신생아 입안은 물론 기관지 내의 태변까지 철저하게 흡입 제거하여 주어야 한다. 때로는 기관지 내로 삽관까지 하여 기도 내 태변까지 철저하게 제거한다. 태변을 완전히 제거하느냐 못 하느냐에 따라 아기의 운명이 180도 달라질 수도 있다.

미숙아 분만이나 때로는 과숙아 분만 시, 소아과 의사가 산부인과 의사와 분만장에 같이 있어야 할 때가 있다. 산과 선생님들이 태아 상태에 따라 소아과 의사가 분만에 동참하기를 요청한다. 태어난 신생아의 응급처치가 필요한 경우 산과 선생님은 산모 처치를 해야 하므로 신생아를 돌볼 여유가 없다. 분만장은 탄생의 신비와 새 생명을 얻는 환희의 장소이다. 그러나 산과와 소아과 의사들에게는 돌발적 응급상황이 발생하기 때문에 보이지 않는 긴장감이 깔려 있는 곳이다.

부모들은 갓 태어난 아기를 그냥 쉽게 '갓난쟁이'라고들 부른다. 그러나 갓난쟁이에도 여러 갓난쟁이가 있다. 갓난쟁이를 두 가지 방법으로 나눈다. 하나는 임신주수에 따라 나누는 것이다. 또 하나는 출생체중으로 나누는 방법이다. 미숙아, 만삭아와 과숙아는 임신주수로 아기를 나눈 것이다.

미숙아는 모든 장기가 혼자 살아갈 만큼 성숙하지 못하여 머리부터 발끝까지 전인적 돌봄이 필요하다. 전인적 돌봄 중에서도 신생아 의사들은 폐 미숙에 의한 호흡치료에 가장 많은 치료행위와 노력을 쏟아붓는다. 과숙아도 분만 즉시 입과 기관지 내의 태변을 제거하여 호흡을 도와야 한다. 미숙아나 과숙아 모두에게 호흡을 시작하게 하는 것이 가장 위급하고 중요한 치료가 되고, 신생아 의사들의 가장 중요한 임무이다.

갓난쟁이를 분류하는 또 다른 방법은 출생체중으로 분류하는 것이다. 갓난쟁이의 평균 출생체중이 3.2kg에서 3.4kg 사이이다. 출생체중이 4kg을 넘으면 과체중아라고 부른다. 출생체중이 2.5kg 미만인 아기를 저체중 출생아low birth weight라고 부른다. 출생체중이 1.5kg 미만이면 극소 저체중 출생아very low birth weight, 출생체중이 1.0kg 미만이면 초극소 저체중 출생아 extremely low birth weight라 한다.

출생체중이 적은 아기들 대부분이 미숙아들이다. 그러나 간혹 임신 40주를 다 채운 만삭아 중에서도 산모의 영양이 좋지 않다든가, 태반에 이상이 있어 태반으로부터 충분한 영양공급을 못 받아 자궁 내에서 성장이 지연되어 저체중 출생아로 태어날 때도 있다.

출생체중이 4kg을 넘는 과체중아도 입원하는 경우가 있다. 좁은 산도를 너무 큰 아기가 나오다 보면 분만손상이 발생한다. 흔한 분만손상 중의 하나가 쇄골이 부러지는 쇄골 골절이다. 흔

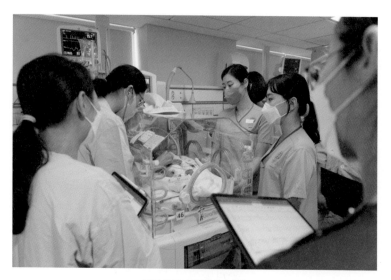

폐로 공기가 잘 들어가네요

하지 않지만 머리뼈에 금이 가는 두개골 골절이나 머리뼈 안쪽으로 뇌출혈이 발생하기도 한다. 그리고 과체중아들은 혈당이 떨어지는 저혈당도 흔히 나타난다. 응급처치가 필요한 저혈당은 출생 직후 경련을 일으키기도 한다. 혈당을 올려 주는 응급처치가 늦어지면 뇌 발달에 영향을 미쳐 훗날 학업 성적이 떨어지기도 한다. 이런 응급상황에서 때로는 과숙아 치료를 위해 인큐베이터를 사용하기도 한다. 크게 태어났다고 무조건 좋아할 일이 아니다.

두 개의 인큐베이터 안에 출생체중이 1kg이 못 되는 초극소 저체중 출생아와 4kg이 넘는 과체중아가 나란히 누워 있다. 두 갓난쟁이의 체중이 4배 이상 차이가 난다. 다윗과 거인 골리앗 같다. '갓난쟁이'들이라도 신생아집중치료실은 과숙아인 형님과 미숙아 아우들, 그리고 소인인 저체중 출생아와 거인인 과체중아들이 함께 치료받는 그들만의 소우주 같은 곳이다.

세상을 빨리 보고 싶어 일찍 나와도 안 되고, 어머니 자궁 내의 편안한 삶을 더 누리고 싶어 세상에 늦게 나와도 안 된다. 때가 되면 이삭이 고개를 숙이듯 때맞추어 세상에 나오는 것이 좋다. 과유불급過猶不及이다. 지나치면 미치지 못한 것과 같다. 과숙아도 미숙아처럼 위험하다. 분만도 세상 이치처럼 더도 말고

덜도 말고 분만 예정일을 지키는 것이 중요하다. 중용의 삶이다. 그러나 문제는 이런 중용의 삶을 태아가 선택할 수 없다는 것이다.

털모자를 쓴 천사들

김대중 대통령이 서거하기 전, 한 달 동안 병원에 입원하고 있을 때 이야기이다. 김대중 대통령은 의식 없이 중환자실에 입원하고 있었다. 고령인 이희호 여사가 댁에서 병원에 다니며 면회하는 것이 힘이 들기 때문에, 김대중 대통령이 입원하였던 일반병실을 그대로 사용하며 매일 김 대통령을 면회하고 있었다.

당시 나는 병원장이었기에 입원실로 자주 방문하였다. 이희호 여사는 김대중 대통령을 위하여 항상 털모자와 털양말 등을 뜨개질하고 있었다. 뜨개질하는 털실 옆에는 성경책이 펼쳐져 있었다. 뜨개질하는 모습을 보며 이희호 여사의 김대중 대통령에 대한 사랑을 느낄 수 있었다. 우리는 어머니가 털실로 뜨개질하는 모습을 추억 속에 간직하고 있어서, 뜨개질하는 모습을 보면 어머니의 따스한 사랑이 떠오른다. 이희호 여사는 중환자실 온도가 낮으므로 김대중 대통령이 추워 할까 봐 염려되어 손수 뜨개질을 하고 있었으리라.

신생아집중치료실에 입원한 많은 미숙아 신생아들은 털모자와 털신 그리고 털장갑까지 쓰고, 신고, 끼고 있다. 인큐베이터 안에서 알록달록한 털모자, 털신을 쓰고 잠들어 있는 아기를 보면 어찌나 사랑스러운지 천사가 따로 없다. 시간이 많을 때는 간호사들이 직접 털모자를 짜기도 하지만 신생아집중치료실 간호사들이 식사할 시간도 못 낼 만큼 바쁘다. 대개는 엄마들이 털모자를 짜서 보내거나 구입하여 보내기도 한다. 때로는 간호사들이 아기 머리만 한 붕대를 잘라서 털실 모자 대용으로 예쁘게 씌우기도 한다.

아기 천사가 따로 없죠?

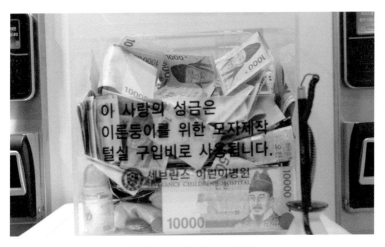

따뜻한 털모자를 위하여 십시일반

이렇게 털모자를 씌우는 이유가 예쁘게 보이려고만 씌우는 것이 아니다. 체온을 유지하기 위함이다. 인큐베이터의 큰 기능 중의 하나가 체온 유지이다. 신생아의 가장 이상적 체온은 36.5 도에서 37도 사이이다. 이렇게 체온이 유지될 때 체내에서 열을 만들어 내는 기능이 가장 일을 덜하게 한다. 열을 만들기 위하여 산소를 사용하는데, 온도가 적절하게 유지되면 아기 체내의 산소 소모량도 가장 적다. 신생아 집중치료의 기본 원칙이 모든 장기가 가장 적게 산소를 사용하면서 정상적 생리기능을 유지하도록 하는 것이다.

신생아에서 적절한 체온 유지는 성인보다 훨씬 중요하다. 태아의 중심온도는 어머니 체온보다 1도가 높다. 이렇게 높은 체온으로 10개월을 자궁 내에서 지낸 신생아들이라서, 태어나서 신생아의 체온을 유지시키는 일은 쉬운 일이 아니다. 신생아는 몸에서 생성되는 열보다 몸에서 빠져나가는 열이 훨씬 크다. 어른보다 3~4배나 더 많은 열이 피부를 통하여 빠져나간다. 이유는 신생아는 체중에 비례해서 몸의 표면적이 어른보다 3배나 더 넓기 때문이다. 피부 면적이 넓어서 피부를 통하여 많은 열이 발산되다 보니 쉽게 체온이 떨어진다. 그리고 성인보다 피하지방이 적어 열손실을 효과적으로 차단하지 못한다. 이런 이유로 인하여 신생아는 체온을 유지하는 것이 어렵고, 특히 미숙아인 경우 더욱 체온 유지가 힘들다.

인큐베이터 안이라도 털모자를 씌우고 털신과 털장갑을 끼우면 체온 유지가 훨씬 수월해진다. 산소 요구량도 줄어든다. 털모자와 털장갑은 패션이 아니라 생존에 필요한 치료 보조수단이 되는 것이다.

털장갑이나 털신보다 털모자를 쓰게 하는 것이 더욱 중요하다. 어른과 비교할 때 신생아의 머리는 상대적으로 크다. 신생아 머리는 전체 키의 1/4에 해당할 만큼 크다. 바꾸어 말하면 온몸의 열손실의 1/4이 머리 부분에서 일어난다. 미인대회에 나오는 아름다운 여성들은 8등신이지만 신생아는 4등신이다. 미

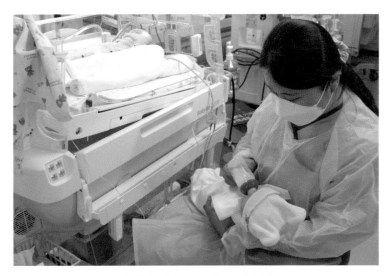

인큐베이터에서 엄마 젖 먹느라 잠시 외출

인들은 얼굴이 작아 얼굴 크기가 전체 키의 1/8이다. 머리가 작을수록 미인이 되는 세상이다. 4등신 미인들인 신생아는 8등신 미인들보다 머리에서의 열손실이 훨씬 커서 털모자가 꼭 필요하다는 사실을 기억하여야 한다.

입원 중인 미숙아의 몸무게가 2kg이 넘으면 퇴원 준비를 한다. 이때쯤 되면 체온 조절이 쉬워져서 인큐베이터 밖에서 간호사들이 아기를 안고서 수유도 가능하다. 요즘은 '캥거루 케어' 프로그램이 생겨 되도록 자주 어머니가 수유에 참여한다. 흔들의자를 사용하면 수유가 훨씬 편하고 용이하다. 햇빛이 찬란한 오후, 고요한 수유 공간에서 물안개를 뿜어내는 가습기 아래 흔들의자에 앉아 평화롭게 수유하는 아기를 보면 한 폭의 그림 같다. 털모자와 털신까지 신고 있으니 더욱 따사롭고 평안하다.

미국 신생아집중치료실 수유 공간에는 흔들의자가 많이 있다. 퇴원에 감사하는 부모들이 흔들의자를 기부한 것이다. 흔들의자 상단에는 기부한 부모의 이름과 아기 이름이 같이 쓰여 있다. 그런 흔들의자를 볼 때마다 의료진을 향한 부모의 감사함을 몸으로 느끼면서, 퇴원 후에도 아기가 건강하게 잘 자라도록 기도하는 마음이 생긴다.

캥거루 케어

미숙아는 태어난 후 집중치료를 받기 위하여 입원환자가 된다. 아기 어머니는 한 번도 아기를 안아 본 적도 없게 되어 아기 얼굴도 제대로 기억하지 못한다. 집에서 눈물로 지새우면서, 아기 아빠가 담당 주치의와 면담 후 전해 주는 아기 상태를 목 빠지게 기다린다. 엄마는 아기에게 미안한 마음이 이만저만이 아니다. 이런 상황에 있는 엄마들에게 '캥거루 케어'는 귀가 반짝 뜨이는 너무 기쁜 소식이 된다.

1970년대 콜롬비아 수도 보고타에서는 인큐베이터가 매우 부족하였다. 나라 살림살이가 어려우니, 신생아를 살리기 위한 인큐베이터 구입에 사용할 재원이 부족하였다. 미숙아가 태어나도 적절한 치료를 하기가 어려웠다. 콜롬비아 대학병원의 소아과 레이^{Ley} 교수와 마르티네즈^{Martinez} 교수가 '인큐베이터 대신 어머니와 미숙아의 피부 접촉을 통해 체온을 유지시키면 어떨까?'라고 생각하였다. 이러한 아이디어가 '캥거루 케어^{Kangaroo Mother Care}'라는 이름으로 실제로 시도되었다. 최근에는 나라 경제가 넉넉하여 인큐베이터 사용이 용이한 선진국에서도, 신생아의 체온 유지는 물론 모유수유를 쉽게 할 수 있다는 장점이 주목받으면서, 캥거루 케어가 세계적으로 보편화되기 시작하였다.

캥거루는 짝짓기 한 달 후에 해산한다. 태어난 캥거루 새끼는 애벌레만큼 작게 태어난다. 캥거루의 상징인 긴 뒷다리가 형체도 보이지 않을 만큼 성숙하지 않은 채 태어난다. 캥거루 새끼는 출산 후 어미 캥거루의 주머니 속에서 6개월을 지낸다. 6개월이라는 오랜 시간 동안 어미 주머니 안에서 젖만 꼭 물고 수유만 하고 있다. 캥거루 어미의 주머니가 인큐베이터 역할을 하는 셈이다.

세계보건기구^{WHO}의 보고에 의하면 전 세계적으로 매해 2천만 명 정도의 저체중아가 저개발국 중심으로 태어난다. 저체중아란 출생 시 몸무게가 2,500gm 미만의 신생아를 말한다. 저체중아는 미숙아일 경우도 있고, 만삭으로 태어나도 어머니 영양

상태가 나빠 체중이 적게 태어날 수도 있다. 이렇게 태어난 저체중아의 1/10, 즉 2백만 명이 제대로 치료받지 못하고 사망한다고 추산된다. 이런 상황에서는 캥거루 케어가 어린 생명을 살리는 데 큰 힘을 발휘한다.

콜롬비아에서 시작된 캥거루 케어는 유니세프를 통하여 미국, 유럽, 남미 등 25개국 이상으로 전해졌다. 일본은 1990년대에 캥거루 케어를 도입하여 200여 곳의 의료기관에서 캥거루 케어가 시행되고 있다. 미국에서는 80% 이상의 신생아집중치료실에서 캥거루 케어를 실시하고 있다. 우리나라에서는 일찍부터 캥거루 케어를 시작한 강남 세브란스병원 신생아집중치료실을 비롯하여 많은 대학병원 신생아집중치료실과 산부인과 전문병원에서 시행하고 있다.

캥거루 케어를 할 때 엄마는 완전히 눕지 않고 몸을 약간 뒤로 젖힌다. 그리고 엄마 가슴 위에 아기를 올려 둔다. 이때 엄마의 옷을 최대한 풀어 맨몸으로 아기를 안게 한다. 아기와 엄마의 피부가 최대한 많이 닿도록 하여 아기를 엄마의 배꼽에서부터 가슴까지 밀착시킨다.

인큐베이터에서 치료 중인 미숙아에게도 가능하면 빨리 캥거루 케어를 시작하고 있다. 캥거루 케어에서 가장 중요한 점은 아기와 엄마의 피부 접촉이다. 피부가 서로 밀착되면 감각세포가 자극되고, 이 자극이 뇌로 가서 옥시토신을 분비하게 한다. 옥시토신은 스트레스 상황에 있는 미숙아에게 안정적이고 평안한 상태를 만들어 준다.

산후 회복 중인 어머니들은 불편한 몸을 추슬러 가면서까지 적극적으로 캥거루 케어에 참여한다. 아기를 면회하여도 집중 치료실 유리창 너머로 아기를 바라만 볼 수밖에 없었기 때문이다. 캥거루 케어에 참여하면 아기를 안고 1시간 정도 피부와 피부를 밀착시킬 수가 있다. 아기 귀에다 이름을 불러 보고, 냄새도 맡아 보고, 조그마한 손가락도 만져 본다.

아버지도 원하면 캥거루 케어에 참여한다. 아기가 너무 작다 보니, 어머니나 아버지나 모두 아기가 부서질 것 같은 두려움을

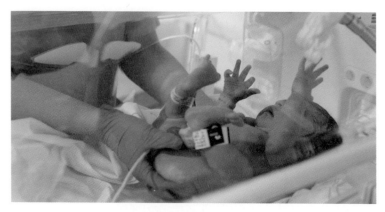

이제 인큐베이터에서 나가요

가진다. 엄마보다 아버지가 더 크게 두려워한다. 그렇지만 아기를 아버지 배의 맨살 위에 올려놓고 나면, 비로소 '이제 내가 아버지가 되었구나!' 하고 느끼는 모양이다. 얼굴이 두려움에서 기쁨과 환희의 표정으로 바뀐다. 부모님들의 환한 미소가 신생아집중치료실 간호사들에게도 전염이 되어 따스한 미소들이 간호사의 얼굴에 나타난다. 그리고 따스한 사랑의 분위기가 모두의 가슴에 파고든다.

왜 캥거루 케어가 아기나 산모에게 모두 좋은 것일까? 우선 엄마에게는 행복감이 증가하고 우울증이 줄어든다. 아기들은 체온을 유지하기 쉽고, 패혈증 같은 감염증의 위험도 감소한다. 엄마 가슴에 있는 정상적 균들이 병원성 세균을 차단하여, 감염 위험을 감소시키고 아기의 면역력 증가를 일으킨다는 보고들도 있다. 미숙아에서 흔히 발생하는 무호흡의 빈도가 줄어든다. 캥거루 케어는 모든 조직에 산소를 충분하게 공급하게 하여 아기의 산소포화도를 잘 유지시킨다. 그리고 무엇보다도 모유수유를 일찍 시작할 수 있는 여건을 조성한다. 아기는 본능적으로 엄마 가슴의 젖 냄새를 따라 움직인다. 엄마 가슴에 아기를 두면 자연스럽게 아기가 엄마 젖을 찾게 되어 모유수유가 수월하게 된다.

캥거루 케어가 미숙아에게 주는 가장 큰 장점은 집중치료실 입원 기간을 단축시킨다는 것이다. 미숙아의 하루하루 체중 증가를 도와서, 몸무게가 하루 20gm 이상 빠르게 증가하여 며칠이라도 빨리 엄마 품으로 돌아가는 행복을 가져다준다. 아기들도 캥거루 케어를 하다 보면 엄마의 체취와 따뜻한 살과의 접촉 그리고 엄마 뱃속에서 듣던 익숙한 엄마의 심장 소리가 자극이 되는 모양이다. 엄마와의 피부 접촉은 아기에게 빨리 집에 가서 엄마와 함께 보내고 싶은 욕망을 이끌어 내는 것 같다.

캥거루 케어를 하는 신생아집중치료실은 성인이나 소아 중환자실과는 분위기가 사뭇 다르다. 신생아집중치료실은 분과 초를 다투는 절박한 응급진료 상황도 발생하지만, 캥거루 케어처럼 어머니와 아기가 함께하는 평온함과 사랑이 가득한 분위기도 공존하는 곳이다.

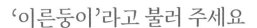

'이른둥이'라고 불러 주세요

조선왕조의 재상 한명회^{1415~1487}는 우리나라 사극 드라마에 자주 등장하는 인물 중의 하나이다. 한명회는 드라마 작가들이 주목할 만큼 태어날 때부터 드라마틱한 인생을 살았다. 한명회를 '칠삭둥이 한명회'라고 부른다. 그가 미숙아로 태어났기 때문이다. 한명회는 계유정난을 일으켜 수양대군을 세조로 세운 일등공신이다. 세조 때 우의정과 영의정을 지내고 두 딸은 예종과 성종의 부인으로 만들어 두 임금의 장인이 되었다. 조선왕조 당시 우리나라 사람의 평균 수명이 30대였음에도 그는 72세까지 장수하며 말년을 '압구정'에서 지냈다.

한명회의 '칠삭둥이'라는 별명이 유난하게 보이는 것은 그 단어가 내포하는 좀 모자란다는 뜻 때문일 것이다. 비슷한 의미로

'미숙아'라는 단어도 '성숙하지 못하다' 또는 '미숙하다'는 느낌을 가지고 있다. 여하튼 '칠삭둥이'나 '미숙아'나 긍정보다는 부정적 의미를 내포한다. 부정적인 의미에도 불구하고 한명회는 조선왕조를 흔들었던 공신이 되었기에 역설적으로 '칠삭둥이'라는 별명이 그의 이름 앞에 붙어 다니는 것이 아닐까?

미숙아로 태어난 본인이나 미숙아의 부모는 종종 미숙아라고 말하기를 꺼려 한다. 미숙아라는 단어에서 오는 부정적 느낌 때문이다. 그래서 신생아학회에서는 미숙아라는 말 대신 '이른둥이'라는 새로운 단어를 만들어 내었다. 일찍 태어났을 뿐이지, 발달한 현대의학 덕분에 달을 모두 채워 태어난 아기와 별반 다르지 않다는 뜻을 표현한 것이다.

인간은 사회적 동물이라서 집단을 형성하기를 좋아한다. 어느 모임이라도 소속되기를 원하다 보니 자연스럽게 여러 동창생 모임들이 생겨난다. 같은 학교를 졸업한 사람끼리, 같은 고향 사람끼리, 그리고 제대한 남성들은 같은 군 출신끼리 모임을 만든다. 동창생 모임의 나이도 낮아지고 있다. 요사이에는 같은 시기에 산후조리원을 이용한 아기들끼리 산후조리원 동창생 모임까지도 있다 한다. 그런데 신생아집중치료실에서 퇴원한 아기들의 모임인 '이른둥이 홈커밍데이'라는 모임도 있다. 아마도 가장 어린 나이로 시작된 동창생 모임이 아닐까 한다.

'이른둥이 홈커밍데이'는 신생아집중치료실 퇴원 아기들을 치료한 병원에서 주최한다. 같은 어린 아기들의 모임이지만, 이른둥이 홈커밍데이와 산후조리원 동창생 모임은 그 목적과 분위기가 전혀 다를 것 같다. 산후조리원 동창생 모임은 주로 현재의 육아 상담과 향후 좋은 유아원 정보 교환 등 미래 지향적인 모임이라면 '이른둥이 홈커밍데이'는 과거 지향적이다. 신생아집중치료실 입원 당시 힘든 경험과 새 생명을 얻은 감사의 모임이 된다.

영어로는 미숙아를 부를 때 'premature'라는 말을 쓴다. 영어 역시 'mature' 되지 못한 전 단계라는 'pre-'라는 표현을 사용한다. 그러나 병원에서는 'premature'라는 용어를 사용하지만, 일반 미국인들은 'preemie'라는 애칭으로 부르기를 좋아한다. 그런데 영어 'preemie'보다도 우리말 '이른둥이'가 더 좋은 것 같다.

'미숙아'는 한자어이지만 '칠삭둥이'와 '이른둥이'는 모두 순수 우리말이다. 그리고 같은 우리말이라도 '칠삭둥이'보다는 '이른둥이'가 훨씬 좋은 이름 같다. '이른둥이'는 국립국어원의 지원으로 신생아학회에서 일반 대중의 응모를 받아서 1등으로 선정

된 이름이다. 그 후 '이른둥이'가 신생아 치료 의료진들 사이에서 흔히 사용되기 시작하였다. 아직 표준국어대사전에서는 이 단어를 찾아볼 수 없다. 표준어로 인정받지 못하고는 있지만 참 잘 지은 이름임은 분명하다.

신생아 의사는 3D 업종

　광화문 근처 음식점 중에는 수십 년간 대를 이어 운영하는 노포들이 많다. 일하시는 분들도 나이들이 지긋하다. 몇 번 방문하면 얼굴을 알아보고 정다운 인사를 한다. 식사 후에 커피 한 잔을 하러 유명 브랜드인 소위 '별다방', '콩다방' 같은 커피집을 들른다. 바리스타들이 젊은 선남선녀들이다. 인물들이 좋고 키도 크고, 고가의 커피머신에서 커피를 뽑아 내는 모습이 프로페셔널하다. 그러나 아무리 자주 다녀도 눈 한번 마주치지도 않고, 아는 척도 하지 않는다.

　식당이나 카페 같은 서비스업에서 큰 변화가 일어나고 있다. '고객은 왕이다'에서 '근로자가 왕이다'로 변화하고 있다. 서비스업에서 '고객 감동'이라는 구호는 어느덧 자취를 감추었다. 단골 고객이 방문하여도 아는 척을 하기 싫다. 고객으로부터 돈을 받고, 받은 돈만큼 고객이 원하는 서비스를 하면 끝이다. 지극히 사무적이고 기계적이다.

워라밸work & life balance 열풍이 뜨겁게 불면서, 장래 직업 선택의 기준이 되어 버렸다. 전공의 같은 젊은 의사 사회에서도 워라밸이 강조되다 보니, 24시간 응급환자를 치료하는 진료 분야 전공의 지원이 날로 줄어든다. '24시간 응급환자를 돌봐야 한다'라는 의미는 바로 죽고 사는 생명과 직접 연결되는 진료 분야라는 뜻이다. 그래서 심근경색이나 뇌출혈과 같이 분초를 다투는 응급환자를 돌보는 데 필요한 전공의가 많이 부족하다. 그렇다 보니 이미 진료 일선에서 일하고 있는 전공의의 업무가 가중된다. 당직도 많아져서 삶의 질도 떨어지고, 쉼을 가질 여유가 더욱 없어진다.

의과대학 학생들이나 인턴들이 앞으로 본인이 평생 일할 전공과목을 정할 때, 응급환자를 돌보는 진료과 선배 전공의들의 고생스러운 모습들을 떠올린다. 당연히 응급진료 분야 레지던트를 지원하지 않는다. 국민 생명을 위하여서는 이런 악순환의 고리가 끊어져야 한다. 응급진료 분야 전공의들이 부족하여 교수들이 야간 당직을 서는 일까지 있다. 최근에 후배 신생아 진료 교수들이 늦은 나이에 당직까지 선다는 이야기를 듣고 충격을 받았다.

응급진료가 없는 정신과, 재활의학과, 안과, 피부과 등은 워라밸을 보다 많이 즐길 수 있다. 이처럼 예약제로 환자 진료가 가능한 진료 분야로 전공의 지원이 쏠린다. 원하는 전공과목 전공의로 선발되지 못하면 재수까지 해서 원하는 진료과 전공의가 된다. 소아과 전공의 부족은 심각한 수준까지 이르렀다. 태어나는 신생아 수가 급격하게 줄어들다 보니 소아과 지원을 더욱더 기피한다. 미래의 환자가 감소하니 당연히 의사가 할 일이 줄어들 것이 예상되기 때문이다. 소아과는 응급환자가 많고, 미래의 환자 수도 감소하는 두 가지 악재가 겹치는 바람에 대부분의 대학병원 소아과에서 전공의 정원을 채우지 못하고 있다.

소아과 세부 전문과목 중에는 개원을 쉽게 할 수 있고, 예약진료가 가능한 진료 분야도 있다. 그러나 신생아과는 전공의 시절부터 워라밸을 즐기기 어려운 진료 분야 중의 하나이다. 신생아 진료 전문 전임의까지 마치면 개원이 더욱 어려워진다. 개인병원에서 인큐베이터를 사용하는 진료는 전혀 불가능하기 때문이다. 개원을 할 수 없으니 평생을 종합병원이나 대학병원에서 월급을 받는 봉직 의사 생활을 하여야 한다. 그러나 대학병원이나 종합병원 신생아 의사 자리도 무한정 있는 것이 아니다. 더

군다나 의과대학 교수가 될 가능성은 더욱 적어지다 보니, 소아과 중에서도 신생아 진료는 더욱 기피 분야가 되어 버렸다.

대학병원에서 은퇴한 신생아 전문 교수들은 다른 소아과 교수들처럼 개원할 수가 없다. 병원의 취업 자리가 나오더라도 신생아집중치료실에서 당직을 서야 한다. 65세를 넘긴 의사가 당직까지 서 가며 전공의 업무까지 다시 하기가 쉽지 않다. 신생아 진료 전문 의사는 현직에서도, 그리고 은퇴 후에도 평생 워라벨은 즐길 수 없는 의사들이다. 해외 노동력의 급격한 수입 증가도 바로 3D 기피 현상으로 일어나는 것이다. 언젠가는 신생아 진료도 전문의가 부족하여 외국인 의사를 수입하는 날이 오지 않을까 걱정이 된다.

신생아 의사들은 우스갯소리로 "아기가 밤에 만들어지기 때문에 분만도 밤에 많은 것이야"라는 말을 자주 한다. 고생스러운 야간 응급진료가 많다 보니 서로를 위로하는 농담 중의 하나이다. 신생아 진료는 힘든difficult 진료 분야이다. 분만이 하루 중 어느 때라도 예고 없이 일어난다. 고위험 산모가 진통 중이면 태어날 미숙아 응급처치를 위하여 24시간 대기하여야 한다. 미숙아 집중치료를 하다 보면, 소아과 어느 분야보다 사망진단서를 많이 발급한다. 사망진단서 발급 없는 깨끗한 진료 분야가 아니다. 실제로 최근에 두 곳의 대학병원 신생아 진료 담당 교수 두 분이 신생아 사망과 관련되어 구속된 적도 있다. 생존하여 집중치료실에서 퇴원하여도 후유증이 남으면 의료분쟁에 휘말리기도 한다. 천사 같은 아기들을 돌본다 하여도, 집중치료 자체는 의료분쟁에 자주 휘말리는 위험한^{dangerous} 진료 분야이다.

이런 환경에서 아기들을 사랑하는 절실한 마음이 없으면 신생아과 의사를 할 수가 없다. 신생아과 의사들은 대부분 성품들이 온화하고 사랑이 넘치는 사람들이다. 신생아 의사들이 모여 만든 대한신생아학회가 있다. 간혹 다른 분야 학회에서는 학회 회원끼리 여러 이유로 갈등이 생기는 것을 볼 수가 있다. 1993년 시작된 신생아학회는 연륜이 오래되었음에도 불구하고 회원 간 갈등이 없고 항상 화기애애하다. 신생아 의사들의 따뜻한 인품은 세계적으로 공통인 것 같다. 일본 신생아학회, 대만 신생아학회, 그리고 유럽과 미국 신생아학회를 다녀 보아도 하나같이 온화하고 따뜻하다.

한밤중의 전화벨

새벽 2시에 전화벨이 울린다. 신생아집중치료실 당직 전공의 전화다. 신생아 입원환자에게 영양액을 주기 위하여 혈관을 찾다가 혈관이 절단됐다는 보고이다. 순간 모든 머리카락이 곤두서는 듯한 느낌과 함께 두려움이 온몸을 휘감는다.

나는 극도의 전화벨 소리 기피자이다. 일상의 전화 대부분이 기쁜 소식보다 환자에 관한 나쁜 소식이기 때문이다. 전화벨 소리만 울리면 가슴이 철렁한다. 또 무슨 나쁜 소식이?

얼마 후 다시 전화가 왔다. 성형외과 미세혈관 수술팀이 출동하여 혈관 봉합술을 마쳤다고 한다. 성형외과 미세수술팀은 유세 중 테러로 얼굴 자상을 당한 박근혜 대통령을 치료하였던 바로 그 팀이다. 안도함으로 가슴을 쓸어내렸지만, 그날 새벽은 한숨도 잠을 이루지 못한 날이었다.

"탯줄에 혈관이 있는 것을 아세요? 있다면 몇 개나 있을까요?"

이런 질문을 하면 대부분 대답하지 못한다. 정답은 '동맥이 2개 정맥이 1개'이다. 탯줄의 동맥을 제대동맥이라 부르고 정맥을 제대정맥이라고 부른다. 출생과 동시에 탯줄이 끊어지며 탯줄의 혈관들도 절단된다. 요사이는 탯줄 끊는 작업을 분만실에서 아기 아버지가 하기도 한다. 탯줄은 대개 생후 일주일 정도 되면 건조되어 신생아에게서 떨어져 나온다. 탯줄이 있던 자리는 배꼽으로 남아, 태아로 있었던 지나간 역사의 증거물이 된다. 이렇게 탯줄은 출생 후 그 쓸모를 찾기 어려워 누구도 주목하지 않는 과거의 유물인 배꼽으로 흔적만 남는다. 탯줄 혈관의 존재조차도 기억할 수 없기 때문에, 제대동맥과 정맥이 있다는 사실을 모를 수밖에 없다.

아무리 작은 신생아라고 하더라도 집중치료는 성인 중환자 치료행위와 동일하다. 인공호흡기를 사용하여 호흡을 도와주고, 혈액의 산소분압을 측정하고, 간과 콩팥 기능을 알기 위하여 혈액검사를 한다. 그리고 생명 유지를 위한 모든 영양분을 혈관을 통하여 주입한다. 채혈이나 영양공급 같은 모든 치료행위가 혈관을 이용하여 이루어진다.

출생체중 1kg짜리 미숙아의 혈관은 실처럼 가늘다. 미숙아 집중치료 시 사용하는 혈관이 탯줄의 제대동맥이다. 검사에 필요한 혈액을 채취하고 영양분을 투여하는 모든 행위가 제대동맥에 삽입한 가느다란 관을 통하여 이루어진다. 제대동맥이야말로 미숙아의 생명줄이다. 미숙아 출생 후 가장 먼저 하는 조처 중의 하나가 탯줄이 마르지 않도록 보호하여 제대동맥을 확보하는 일이다.

미숙아 집중치료 기간 동안 제대동맥을 잘 보존하고 동맥에 삽관된 라인을 잘 유지하여야 한다. 제대동맥에 삽관된 라인을 잘 유지하기 위하여 특수 반창고를 사용하여 지지대를 만들고, 장기간 제대동맥 사용 시 일어날 수 있는 감염을 막기 위하여 세심한 감염 관리를 한다. 이렇게 공을 들여 제대동맥 삽관을 유지하여도, 입원 기간이 장기화되면 제대동맥 삽관을 계속 사용할 수 없게 된다. 제대동맥에 들어 있던 관을 제거하고 새로운 혈관을 찾아야 한다. 눈에 보이는 미숙아의 피부 혈관은 주삿바늘보다 더 가늘어 주삿바늘을 넣을 수 없다.

소아과 당직 전공의는 새벽이라도 피부를 절개하고 깊숙하게 위치한 조금 큰 혈관을 찾아 영양수액치료와 필수검사를 위한 채혈을 계속해야 한다. 모든 의료진이 출근하는 아침까지 기다리며 집중치료를 중단할 수는 없다. 당직 전공의는 새벽이라도 혈관을 찾아야 하기 때문에 한밤중에 혈관이 절단되는 일까지 발생한 것이다.

　태아는 밤과 낮을 가리지 못하기 때문에, 하루 중 아무 때나 세상에 나오려 한다. 밤낮 가리지 않고 예고 없이 미숙아가 태어난다. 신생아집중치료실은 365일 하루도 쉬지 않고 24시간 내내 탱탱한 긴장이 깔려 있는 곳이다.

　탱탱한 실 같은 긴장의 끈에서 언제나 벗어날 수 있을까? 정년퇴직이 그 답이 된다. 이제 정년퇴직을 하고 오랜 시간이 흘렀다. 이 글을 쓰면서 옛 추억을 더듬으며 아련한 상념에 젖다 보니, 하나의 성경 구절이 떠오른다.

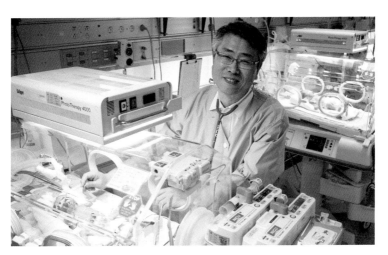

어느 젊은 시절, 이른둥이와 함께

"수고하고 무거운 짐 진 자들아, 다 내게로 오라. 내가 너희를 쉬게 하리라." (마태복음 11:28)

지금에야 비로소 편안한 마음으로 전화도 받을 수 있는 바로 그 쉼을 즐기고 있다.

성인이 된 이른둥이와 해후

연세대학교 의과대학 세브란스병원에서 정년퇴직 후 하나로 의료재단에서 근무를 시작했다. 어느 날 비서가 어떤 젊은 여자 분이 나를 만나 보고 싶다는 전화 연락을 했다고 전한다. 나를 만나겠다는 분의 성함을 보니 모르는 사람이었다. 크게 관심을 두지 않고 얼마 동안 시간이 흘렀으나, 그 여자분이 비서에게 여러 번 전화를 하였다고 해서 할 수 없이 그리고 예의상 사무실에서 만날 약속을 하였다. 만나 보니 젊은 20대 여성이었다.

나를 만나고자 하였던 사연은 본인이 나의 환자였다는 것이다. 그리고 곱게 몇 번 접은 퇴원요약서를 나에게 내어놓는 것이 아닌가!

그 종이에는 주치의인 나의 사인과 그녀의 출생체중이 적혀 있었다. 출생체중 1.3kg이었다. 인큐베이터 치료 기간을 포함하여 약 한 달 반 정도 입원하였고, 입원 기간에 호흡기치료를 비롯한 집중치료를 시행한 경과 등이 퇴원요약서 한 장에 간단하게 정리되어 있었다.

세상에! 순간 숨이 멎는 듯했다. 미숙아로 태어나서 내가 진료하였던 환자를 20년이 지나 해후를 한 것이다. 주치의 시절에 그 어떤 신생아 환자와도 한마디 대화를 할 수 없었는데 20년이 지난 후 비로소 첫 대화를 할 수 있게 된 것이다.

병원 외래진료 환자 중 유독 환자의 대기가 몇 달씩 되는 진료과들이 있다. 당뇨 환자를 진료하는 내분비내과, 그리고 고혈압 환자를 진료하는 심장내과 등이다. 이런 대사성 질환이라 불리는 성인병은 잘못된 생활습관으로 발생한 병이다. 그런 까닭에 생존하는 기간 꾸준히 의사의 관리가 필요한 만성 질환들이다. 외래진료를 졸업하는 환자는 적고 새로 진료를 시작하는 신환도 많다. 외래 환자가 계속 쌓이게 되어 외래진료실이 시장통을 방불케 할 정도로 환자들로 붐빈다. 이런 환자들의 특징은 워낙 오랫동안 동일 질환을 진료하다 보니 별로 특별한 대화를 할 필요가 없을 때가 많다는 것이다. 단골 환자들이기 때문에 그야말로 '3분 진료'도 가능하다.

신생아집중치료실에서 퇴원한 아기들은 이렇게 외래진료가 오래 필요한 단골 환자가 될 수가 없다. 퇴원 후 일정 기간 추적관찰을 하지만, 체중이나 발달상태가 정상이라고 판단되면 외래진료를 중단한다. 감기나 설사 같은 병이 생기면 동네 병원을 찾게 하고, 예방접종도 생후 일찍 시행하는 예방접종 외에는 돌 때쯤 실시하는 예방접종만 되어도 동네 소아과 의사에게 접종하도록 권한다.

집중치료실에서 퇴원한 미숙아나 신생아 중에는 신생아과 이외의 전문진료가 필요한 아기도 있다. 미숙아라서 생기는 미숙아망막증이 발견되면 소아안과로 진료를 의뢰하고, 폐 질환인 기관지 폐 이형성증이 있다면 장기 치료는 소아호흡기과에서 진료하도록 조처한다. 심장에 문제가 남아 있으면 소아심장과로 의뢰한다.

신생아 전문 의사는 신생아집중치료실에 입원 중인 신생아와 미숙아들을 위하여 24시간 입원환자 진료에 집중해야 한다. 외래진료보다 입원진료가 전문이다. 이런 까닭에 신생아 집중치료 의사들의 외래는 고혈압이나 당뇨병 같은 만성질환 진료과처럼 누적되는 환자가 없다. 퇴원 후 말을 배우기 시작하여 대화가 가능한 나이에 이른 아기 환자는 외래진찰실에서 찾아볼 수 없다.

병원에서 근무하던 현역 시절에도 퇴원한 환자가 찾아와 대화를 나눈 적이 전혀 없었는데, 뒤늦게 정년퇴직 후에야 비로소 대화가 이루어질 수 있게 된 것이다. 그녀는 광화문 근처 선박회사에서 경리사원으로 재직 중이었다. 그녀가 성인이 되자 부모님께서 병원 퇴원요약서를 주면서 꼭 주치의사인 나를 찾아뵈란 부탁을 하였다고 한다. 수소문 끝에 내가 퇴직 후 자기 사무실 근처인 인근 의료재단에 근무하는 것을 알고 찾아온 것이었다. 아주 예의 바른 아름다운 젊은이였고, 거기다 그 복잡한 경리사원 일까지 하고 있다고 했다.

미숙아 치료 후에 항상 염려되는 것이 지적 그리고 신체적 발달이 정상적으로 이루어지나 하는 문제이다. 출생체중 1.3kg이었던 극소 체중 미숙아가 20대의 아름다운 여성으로 장성하여 나의 앞에 앉아 있었다. 더군다나 회사 경리까지 수행할 능력을 갖춘 젊은이라고 하지 않는가! 신생아집중치료실에 입원하고 있었던 미숙아들의 모습과 지금 내 앞에 앉아 있는 젊은이의 모습이 교차되면서 순간 큰 위로와 감동이 흘러넘쳤다.

세상에 일찍 나온 천재들

나는 사진 찍기를 좋아한다. 의과 대학생 시절에는 사진반 동아리 활동을 하면서 암실 작업도 하고 동아리 사진전도 매해 참가하였다. 작년에는 그간 여행을 다니며 촬영한 사진으로 2022년 여행사진 달력을 만들었다. 코로나 팬데믹으로 여행에 목마른 시기에 여행사진 달력을 받게 된 지인들로부터 달력을 통하여 대리만족을 시켜 주어 고맙다는 인사도 받았다.

나와 오랫동안 가까이 지내는 유명한 사진작가 한 분이 계시다. 미국의 명문 예술학교 RISD^{Rhode Island School of Design}를 졸업하고 《TIME》, 《Forbes》 등 세계 유명 잡지 사진기자로도 일을 하였다. 《TIME》지의 표지 인물 사진도 여러 장 찍은 분이다. 노무현 대통령과 월드컵 때의 안정환, 그리고 아시아판

《TIME》지의 장동건 등의 표지 사진도 그의 작품이다. 지난 대통령선거 때에도 대선후보 한 분의 홍보용 사진도 촬영하였다.

　내가 미숙아 치료 의사라는 것을 잘 알기에 어느 날 본인이 미숙아로 태어났다고 고백한다. 작가가 태어나자 부친께서 아기를 포기하자 하신 것을 어머니의 간청으로 대학병원 인큐베이터에 입원하여 살아났다고 한다. 입원비는 당대 최고의 화가 중 한 분이셨던 부친의 그림 두 점으로 해결하였다. 그래서 형님들이 작가를 '아버지 그림 두 점짜리'라고 놀렸다고 한다.

　세계보건기구의 보고에 의하면 세계적으로 매년 1,500만 명 이상의 아기가 미숙아로 태어난다. 5세 미만 소아 사망 중에서 미숙아 사망이 가장 많다. 전 세계적으로 분만 아기의 5~18%가 미숙아이다. 경제가 어려운 국가일수록 미숙아 출생 빈도가 높아서, 선진국에서는 7.5%, 후진국에서는 12.5%의 빈도로 미숙아가 태어난다.

　우리나라에서는 해가 갈수록 미숙아 분만이 증가하고 있다. 1990년대에는 미숙아 출생 빈도가 2.5%였으나 2000년대에 들어오면서 6%까지 늘었다. 짧은 시간에 미숙아 출산이 두 배까지 증가한 것이다. 우리나라의 미숙아 출산이 증가하는 것은 경제적인 이유보다 사회적인 이유가 주된 원인이다. 결혼이 늦다 보니 고령 산모의 출산이 증가한다. 흡연하는 여성들이 늘면서 임신 중 흡연이 미숙아 출산의 원인이 되기도 한다. 그리고 불임 여성이 증가하여 배란촉진제 사용과 인공수정 등의 영향으로 쌍둥이 출산이 늘어난다. 이런 여러 사정으로 인하여 앞으로 미숙아 출산이 점점 더 많아져서 신생아 10명 중 1명이 미숙아로 태어날 날도 멀지 않은 것 같다.

우리나라에는 세상이 궁금해서 일찍 나온 유명인으로 한명회가 있지만, 세계적으로 보면 천재로 불리는 많은 사람들이 분만 예정일보다 일찍 태어났다. 다른 아기들보다 이른 삶을 시작하였지만 높은 업적을 이루어 위인으로, 영웅으로 불리고 있다. 어떤 이들은 지금보다 수 세기 전에 태어났는데, 그 당시 의술이나 분만 장소의 여건이 지금보다 열악하였음은 틀림없다. 믿을 수 없는 어려운 여건을 이기고 그들은 생존에 성공한 것이다. 그들 중에는 창조적인 삶으로 학문적으로나 과학 분야에서 뛰어난 업적을 남긴 유명인들도 있고, 정치적으로 뛰어난 리더십을 발휘하였던 이들도 있다. 그리고 유명한 연예인들도 있다.

아이작 뉴턴 (1642~1727)
세계적으로 가장 유명한 과학자 중의 한 사람이다. 아이작 뉴턴 경은 1642년 12월 25일 영국에서 태어났다. 그의 출생체중은 1.4kg밖에 되지 않아 출생 후 몇 시간 살지 못할 것으로 예상되었다. 그러나 그는 생존하여 뉴턴식 반사망원경을 제작하였고, 중력에 대한 연구 끝에 그 유명한 '만유인력의 법칙'을 확립하였다. 미숙아로 태어났지만 85세까지 장수하였다.

나폴레옹 보나파르트 (1769~1821)

1804년부터 1814년까지 프랑스의 황제였던 나폴레옹은 코르시카섬에서 태어났다. 작은 키에 미숙아로 출생하였음에도 불구하고 흔들림 없이 프랑스 군대를 천재적으로 지휘 통솔하였다.

찰스 다윈 (1809~1882)

진화론을 주장한 영국의 생물학자 찰스 다윈도 미숙아로 태어났다.

마크 트웨인 (1835~1910)

본명이 새뮤얼 클레먼스인 미국의 소설가는 마크 트웨인이라는 이름으로 더 알려져 있다. 1835년, 예정일보다 2개월 먼저 출생하였다. 그의 출생체중은 2.3kg이었다. 그의 소설《톰 소여의 모험》,《허클베리 핀의 모험》은 위대한 미국 소설로 불린다. 75세에 영면하였다.

윈스턴 처칠 (1874~1965)

1875년 1월 말 출산 예정이었던 처칠은 1874년 12월 30일 조산으로 인하여 미숙아로 태어났다. 샌드허스트 육군사관학교를 졸업하고 영국 총리로 2차 세계대전을 승리로 이끌었다. 노벨 문학상도 받았다. 그는 '현존하는 최고의 영국인'으로 추앙받았으며 91세에 런던에서 조용히 눈을 감았다.

알베르트 아인슈타인 (1879~1955)

독일 태생의 이론 물리학자이다. 미숙아로 태어났으며, 그의 어머니는 아이의 머리가 너무 크고 얼굴 모양도 이상하여 상당히 충격을 받았다. 언어 발달도 늦고 9세까지 집중 장애까지 있어 그의 부모는 지적 발달 장애까지 의심하였다. 그러나 초등학교 졸업 시에는 우수 학생으로 변모하였다. 상대성 이론을 발표하였다. 유대인인 그는 히틀러를 피해 미국으로 떠나 미국의 원자폭탄 연구인 '맨해튼 계획'에 참여하였고, 노벨 물리학상을 받았다. 76세까지 생존하였다.

시드니 포이티어 (1927~2022)

바하마 태생 미국인으로 흑인 영화배우이다. 1927년 미국 마이애미에서 출생 예정일보다 2개월 일찍 태어났다. 토마토를 파는 상인인 그의 부모는 생존 가망성이 없다고 생각하였지만 3개월간 그의 곁에서 간호하여 살려 내었다. 흑인 배우 최초로 아카데미 남우주연상을 받아 할리우드의 인종 장벽을 무너뜨렸다. 우리나라에도 잘 알려진 〈흑과 백〉, 〈초대받지 않은 손님〉, 〈밤의 열기 속으로〉 등의 주연배우였다. 1974년에는 영국에서 기사 작위를 수여받은 '흑인 영웅'이었다.

스티비 원더 (1950~)

미국의 유명한 시각장애인 뮤지션인 스티비 원더는 1950년 임신 34주 만에 태어난 미숙아였다. 그는 그래미상을 스물다섯 번이나 수상하였다. 저산소증을 막기 위해 투여한 산소에 의한 망막혈관 손상인 미숙아망막증으로 시력을 잃었다. 의학의 발달로 최근에는 미숙아망막증이 대부분 예방되고 치료되고 있다. UN 평화대사로도 활약하였다.

인류를 위해 지대한 공헌을 한 유명한 과학자, 정치가, 연예인들이 미숙아로 태어났다는 것은 놀라운 사실이다. 이들이 만일 생명을 얻지 못하였으면 개인을 넘어 인류 전체에 커다란 손실이었을 것이다. 미숙아로 태어난 이런 천재들을 보면서 이제는 '미숙아'라는 부정적 부름 대신 '이른둥이'라는 긍정적 부름으로 대치되었으면 하는 바람이다. 그리고 세상의 미숙아들이 뉴턴, 처칠, 아인슈타인도 이른둥이였다고 크게 외치며, 어깨를 죽 펴고 살아가기를 바란다.

평범한 사람들보다 뛰어난 사람일수록 호기심이 많다. 바깥세상이 너무 궁금해서 예정된 시간보다 일찍 태어났나 보다.

PART *2*

어서 와,
신생아집중치료실은 처음이지?

○◗◗◗◖●●◖◖◖◖○

아기와 대화도 없이 때깔로 숨어 있는 병을 찾는다면
그 의사나 간호사는 그야말로
'용한 의사, 용한 간호사'가 아닐까?

성인과 전혀 다른 신생아 소생술

"저놈 잡아라! 저놈이 우리 아버지를 목 졸라 죽였다."

전공의 시절 이야기이다. 회진을 돌고 있는데 동료 내과 전공의가 복도를 가로질러 도망가고 그 뒤를 보호자로 보이는 사람이 쫓아가며 소리를 지른다. 심장마비가 온 환자에게 심폐소생술을 하기 위하여 환자 위에 올라 앉아 심장 압박을 하였던 모양이다. 보호자가 오해하여 격하게 흥분하였으니 우선 그 상황은 벗어나기 위해 도망을 치는 것이 상책이다.

성인 심폐소생술을 하다 보면 심하게 가슴을 압박하여 갈비뼈가 골절될 때도 있다. 멈춘 심장을 다시 뛰게 하려면 뼈가 골절될 가능성을 무릅쓰고 심장 압박을 시작하여야 한다. 뼈의 골절은 치료하고 시간이 지나면서 서로 붙게 마련이지만, 마비된 심장을 순간적으로 회복시키지 않으면 생명을 잃게 되기 때문이다.

신생아 의사들이 가장 많이 읽는, 미국 의사들이 집필한 신생아 호흡치료 교과서가 있다. 책의 첫 장에 이런 성경 말씀을 인용하였다.

"그는 침대에 올라가 아이 위에 누웠습니다. 입에는 입을, 눈에는 눈을, 손에는 손을 댔습니다. 그가 몸을 뻗어 아이 위에 눕자 아이의 몸이 따듯해지기 시작했습니다." (열왕기 하 4:34)

인용한 성경 구절은 선지자 엘리사가 죽은 아이를 소생술로 살리는 장면이다. 성경의 "입에는 입을"이라는 구절은, 현재의 소생술인 'mouth to mouth'를 뜻한다. 구약 성경 기록 후에도, 기원전 400년에는 히포크라테스가 기관지 내에 삽관하여 호흡을 소생시킨 기록도 있다. 인류 역사상 호흡소생술은 사람을 살리는 치료 중에서 가장 오래된 치료 중의 하나이다.

미국 우먼앤드인펀츠병원 전임의 시절에 동료 미국 전임의들이 간호사들을 위한 신생아 소생술 워크숍을 하는데 같이 가보자 하여 따라나섰다. 워크숍은 일종의 직원복지도 겸하여서 인근 휴양지 해변의 리조트 호텔을 빌려 진행되었다. 호텔을 이용하는 것도 놀라웠지만 그 내용과 진행 방법이 더욱 놀라웠다.

전임의 한 명이 5~6명의 소수 간호사를 상대로 하루 종일 신생아 소생술의 실제를 일대일로 가르치는 것이었다. '아하! 진짜 워크숍이란 이렇게 하는 것이구나'라고 큰 충격을 받았다. '귀국하면 우리나라 전공의와 간호사에게도 신생아 소생술 워크숍을 시작해야겠다'라고 결심을 하였다.

뇌성마비는 뇌의 운동신경이 손상을 받아 생긴 병이다. 걸을 때도 몸을 마구 뒤틀며 걷는다. 얼굴의 표정도 일그러져 있다. 지능 발달이 정상인 환자도 있지만, 혀가 마음대로 움직이지 않으니 알아들을 수 없는 이상한 말만 한다. 대부분의 뇌성마비는 분만 직후 정상적 호흡을 하지 못하여, 산소 부족으로 뇌의 운동기능을 담당하는 부위가 손상을 받아 생긴다. 뇌성마비는 산소 부족 이외에도 드물게 핵황달 때도 발생한다. 핵황달이란 출생 수일 내에 황달이 심하여 황달이 뇌로 침범하여 뇌손상을 주는 질환이다.

신생아 분만 직후 호흡을 시작하는 몇 분 사이가 대단히 중요하다. 짧은 기간이라도 산소가 부족하면 뇌성마비가 발생하는 시간이다. 대부분의 심폐소생술은 분만실에서 시행하는 응급처치이다. 분만 즉시 바로 숨을 쉬지 않는 아기가 많기 때문이다. 미국 병원에서는 오래전부터 소아과와 산부인과 전공의 그리고 분만실 간호사와 신생아집중치료실 간호사들을 위하여 집중적으로 소생술 교육을 하고 있었다.

　귀국 직후에는 여러 여건이 맞지 않아 오랫동안 신생아 심폐소생술 워크숍을 시작하지 못하고 있었다. 귀국 10여 년이 지난 2001년 신생아학회의 학술위원장이 되고 나서야 우리나라 최초로 신생아 소생술 워크숍을 소아과 전공의 대상으로 시작하게 되었다. 당시에는 신생아 소생술을 가르칠 미국 자격증이 있는 의사를 국내에서 찾아보기 힘들었다. 미국 소아과 전문의인 동아대병원 정윤주 교수와 아산병원 김애란 교수 두 분밖에 없었다.

　두 분 교수만 모시고는 워크숍다운 워크숍을 할 수 없었다. 매뉴얼만 가르치는 강의 위주 교육은 하고 싶지 않았다. 미국 병원처럼 소수의 인원만 참가하여 실제적 심폐소생술을 배우는 진짜 워크숍을 처음부터 하고 싶었다. 할 수 없이 재미교포 소아과 의사 중 신생아 소생술을 가르칠 자격이 있는 다섯 분의 미국 소아과 전문의를 모셔 왔다. 알베르트 아인슈타인 의과대학 윤징자 교수와 김매희 교수, 버지니아 의대의 박동수 교수, 산호세의 산타클라라밸리 메디컬 센터Santa Clara Valley Medical Center 김은혁 과장, 버지니아의 메리 워싱턴 병원Mary Washington Hospital 강준희 과장 등이었다. 지금도 다섯 명의 미국 소아과 전문의분들께 감사한 마음을 전한다. 미국 병원에서의 바쁜 스케줄을 조정하고 휴가를 내면서까지 일정을 맞추어 주셨다. 모국에서 처음 열리는 신생아 소생술 워크숍 강사를 흔쾌하게 수락하여 주신 것이다. 다섯 분들은 고국의 분만실에서 호흡부전으로 뇌손상을 입는 아기들이 발생하지 않도록 도와주고 싶은 간절한 마음으로 참가하였을 것이다.

요사이 신생아 소생술 워크숍은 전국적 단위로 실시된다. 소아과는 물론 분만에 관여하는 산부인과 의료진이 참여하는 워크숍이 열린다. 2001년 신생아학회가 주관하는 워크숍이 시작된 이래 총 20회 이상의 워크숍이 진행되었다. 해가 갈수록 참여 인원이 증가하여 소아과 전공의는 물론 산부인과 의사나 전공의들도 참여한다. 신생아집중치료실 간호사 그리고 분만실 산과 간호사들도 참여한다. 최근에는 매회 600명 정도가 소생술 강의를 수강하고, 그중 200명 정도는 신생아 소생술 워크숍까지 참여한다.

신생아 심폐소생술은 어른 심폐소생술과 많이 다르다. 한 가지 예를 들어 본다. 어른 심장 마사지는 의사가 환자 위에서 두 팔을 뻗고 체중을 실어 심장을 누른다. 외부의 강한 압박으로 심장을 쥐어짜야만 강제로 온몸으로 피를 보낼 수 있기 때문이다. 강한 가슴 압박 때문에 갈비뼈 골절도 일어난다.

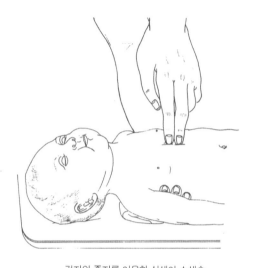

검지와 중지를 이용한 신생아 소생술
[출처: 《Textbook of Neonatal Resuscitation》(American Academy of Pediatrics, 1991)]

성인과 달리 신생아의 심장은 콩알보다 조금 크다. 작은 심장을 의사 체중을 실어 온몸으로 내리누를 필요가 없다. 의사의 두 손가락, 즉 검지와 중지를 직각으로 세워 아기 심장을 압박한다. 신생아 소생술에서는 환자의 부모가 내 아기를 목 졸라 죽였다고 오해하여 격한 항의를 하고 의사는 도망까지 다니는 일이 절대 일어날 수 없다.

활발하게 신생아 소생술 워크숍을 시행한 결과 전국의 신생아 진료와 분만 현장에서 일하는 의료인들에게 소생술이 널리 보급되었다. 특히 분만실에서 근무하는 산부인과 의사, 간호사의 참여율이 점점 높아진다. 소아과 의사가 모든 분만에 참여할 수는 없다. 소아과 의사가 없을 때는 산과 의사나 간호사들이 당장 신생아 소생술을 시행하여야 한다. 분만실에서 예상하지도 못한 호흡이 없는 신생아를 자주 만나게 되기 때문이다. 호흡소생술에 많은 어려움을 실제 경험하고 있어서 워크숍 참여율이 높은 것 같다.

전국적으로 오랜 기간 신생아 소생술 교육을 시행한 결과, 분만 현장에서 산소 부족으로 뇌를 손상당하는 신생아가 많이 줄어들었다고 생각한다. 과거에는 눈에 많이 띄던 뇌성마비 어린이들이 요사이는 별로 보이지 않는다. 분만 현장에서 신생아가 첫 호흡을 잘하도록 도와주기 위하여 시작한 신생아 소생술 워크숍이 뇌성마비 환자 감소에 일조를 하였다고 감히 자부하여 본다.

신생아실 유괴 사건

　지방의 대학병원 신생아실에서 신문과 방송에 크게 보도되는 사건이 일어났다. 아기 아버지가 신생아를 퇴원시킨 후 원치 않았던 아기라고 살해해 버린 사건이었다. 그러나 살해당한 아기가 자신의 아기가 아닌 다른 부모의 아기였다. 당시 신생아실에는 단 두 명의 신생아가 입원하고 있었는데 간호사의 확인 절차 미흡으로 아기가 뒤바뀐 것이다. 입원한 아기가 많았더라면 좀 더 철저한 확인 절차가 있었을 터이지만, 단 두 명만 신생아실에 있었기 때문에 방심한 까닭에 이런 끔찍한 일이 발생하였으리라고 생각된다.

　병원에 입원한 사람은 모두 어디가 탈이 나서 아픈 환자들이다. 병원에 아프지 않은, 환자 아닌 환자가 입원하고 있는 유일한 장소가 신생아실이다. 어머니가 분만을 하기 위하여 입원하다 보니, 건강하게 태어난 신생아도 엄마가 퇴원할 때까지 환자 아닌 환자로 병원에 입원하고 있는 것이다. 병원에는 전혀 다른 상태의 신생아를 위한 입원시설이 두 곳 있다. 멀쩡한 신생아가 입원하고 있는 신생아실과, 아프거나 미숙아로 태어나 치료를 받기 위해 환자로 입원하고 있는 신생아집중치료실 두 곳이다.

두 장소 모두 주치의사는 소아과 의사이다. 병원은 아픈 환자를 치료하는 곳이다. 산모 중에는 내 아기가 환자가 아닌 환자라서 '신생아실에서 소홀하게 취급되지 않을까?' 하고 염려하는 어머니도 있을 것이다. 사실은 정반대이다. 아프지 않은 신생아가 환자가 되면 큰일이다. 병 고치러 왔다가 병을 얻었다는 말이 있다. 만일 신생아실 입원 중에 병을 얻는다면 이보다 심각한 상황이 어디 있겠는가? 그래서 신생아실에도 의사들이 매일 회진한다. 대화를 할 수 없는 신생아, 아파도 어디가 아프다고 호소할 수 없는 신생아들이기에 더욱 세심한 관찰이 필요하다.

드물게 신생아실에 입원한 아기 중에 태아 시기에 발견하지 못한 병이 숨어 있는 아기가 있을 수 있다. 산전 진찰 시에 태아 초음파를 비롯하여 여러 검사를 한다. 그러나 태아를 직접 진찰하는 것이 아니라, 어디까지나 산모를 통한 간접 진찰이다. 하지만 신생아실에 입원한 아기에게 숨어 있을지도 모르는 병을 찾는다고 무턱대고 모든 아기를 검사할 수도 없다. 노련한 간호사나 경험이 풍부한 의사의 눈에는 아기에게 숨어 있는 병을 의심할 만한 이상징후가 눈에 띄는 경우가 있다. 어딘지 모르게 많은 아기와는 다른 징후를 발견할 때, 나는 '때깔'이란 용어를 쓰고 싶다. '때깔'이 다르다는 느낌이 들 때는 검사가 시작된다. 아기와 대화도 없이 때깔로 숨어 있는 병을 찾는다면 그 의사나 간호사는 그야말로 '용한 의사, 용한 간호사'가 아닐까?

신생아 얼굴을 보면 거의 비슷하게 보인다. 조부모나 부모들은 서로 오랫동안 봐 왔기 때문에 가족 간 서로의 얼굴 특징을 잘 알고 있다. 신생아 얼굴에서도 가족과의 닮음을 찾아내어 '어머니 닮았다, 할아버지 닮았다'라고들 한다. 그러나 신생아실 간호사나 의사들이 보기에는 모두 비슷비슷하다. 아기를 구별하기 위하여 아기 손목과 발목 두 군데에 팔찌와 발찌를 채운다. 팔찌와 발찌에는 산모의 이름, 태어난 시간, 그리고 아기의 진찰권 번호와 주치의사 성명이 쓰인다. 덕분에 아마도 수만 명의 신생아 팔찌에 내 이름이 쓰여 있었을 것이다. 우리 병원 여직원들을 만나면 "교수님이 내 아기 주치의셨어요!"라는 말을 자주 듣는다.

세브란스병원 신생아실에서는 하루 세 번 간호사가 교대근무를 한다. 교대근무를 시작하면서 제일 먼저 하는 작업이 신생아의 팔찌와 발찌 확인 작업이다. 드물게 아기의 팔찌나 발찌 중 하나가 눈에 띄지 않는 경우가 있다. 팔찌나 발찌 중 하나가 떨어져 나간 것이다. 이런 경우에는 일하던 모든 간호사들의 업무가 일단 중지된다. 입원한 모든 신생아의 팔찌와 발찌 확인 작업이 일어난다. 그러다 보면 주로 목욕 장소나 수유실에서 떨어져 나온 팔찌나 발찌 하나가 발견된다. 팔찌나 발찌가 떨어져 나오는 것을 방지하기 위하여 꽉 조일 수도 없다. 팔찌나 발찌는 날카롭지도 않아야 한다. 날카로운 팔찌는 연한 피부에 상처를 줄 수 있기 때문이다.

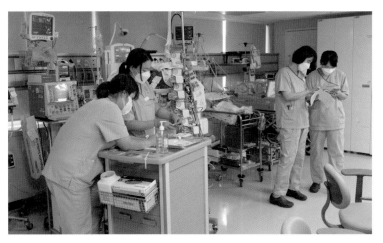

확인 또 확인! 안전이 제일

말도 못하는 신생아실의 환자 아닌 환자는 더 조심스럽고 세심한 간호와 함께 철저한 아기 본인 확인 작업이 필요하다. 세브란스병원 신생아실에서는 아기가 입원할 때 발찌 하나를 추가로 만들어 보호자에게 준다. 그리고 신생아가 퇴원할 때는 보호자와 간호사가 함께, 입원 당시 보호자에게 발급한 발찌가 신생아 발찌와 같은지 확인 작업을 한다. 이때 확인 작업에 참여하는 보호자는 사진이 있는 신분증을 지참하여야 한다. 신생아가 퇴원하려면 이러한 철저한 안전 수칙을 지켜야 한다.

태어나 처음 만나는 바이러스

프랑스산 와인에 주로 '샤토'라는 말이 붙는다. 프랑스어 '샤토Château'는 영어로는 '캐슬Castle', 우리말로는 '성'이다. 포도주의 이름은 원산지에서 유래한다. 프랑스 보르도 지방에서는 일정 면적 이상의 포도밭을 소유하면서, 와인을 제조하고 저장할 수 있는 와이너리에 '샤토'라는 이름을 부르도록 한다.

신생아 이름을 지을 때 여러 방법이 동원된다. 요사이는 주로 부모들이 아기 이름을 짓지만, 과거에는 족보에 따라 할아버지가 이름을 지어 주셨다. 심지어는 좋은 이름을 얻기 위하여 작명소에서 비용을 지불하면서까지 이름을 사 올 때도 있었다. 그래서 흔한 이름이 많고 동명이인이 마주치는 경우가 자주 일어났다. 나의 이름과 같은 이름이 고등학교 동기 중에 세 명이나 있었다. 친구들은 헷갈린다고 이름 앞에 얄궂은 별명들을 하나씩 붙여서 부르곤 하였다.

바이러스 이름을 지을 때 바이러스의 생긴 모양에서 이름이 지어질 때도 있다. 코로나바이러스는 바이러스를 싸고 있는 돌기 모양이 왕관 모양 같다 하여 '코로나corona'라고 부른다. 즉 왕관 바이러스이다. 사회적 인사들의 모임인 로터리 클럽의 '로터리rotary'는 '바퀴'라는 뜻이라서 클럽의 로고도 바퀴 모양이다. 바이러스도 외모가 바퀴 모양을 닮은 바이러스가 있다. 바이러스 이름이 로타바이러스rotavirus이다. 로타바이러스, 즉 바퀴 바이러스는 신생아 설사를 일으키는 바이러스이다.

신생아는 태어나서부터 세상의 온갖 바이러스와 박테리아를 만나게 된다. 박테리아, 즉 세균이 모두 나쁜 것은 아니다. 유산균같이 이로운 세균도 있다. 그러나 병원성 세균은 많은 질병의 원인이 된다. 아기는 출생 후 일정 기간은 어머니로부터 물려받은 항체 때문에 많은 세균과 바이러스를 퇴치할 힘이 있다. 만일 어머니로부터 항체를 받지 못한다면 면역력이 없어 세균과 바이러스의 공격에서 하루도 살아남기가 어려울 것이다.

로타바이러스는 신생아 설사의 주범이다. 신생아는 어머니로부터 모든 세균이나 바이러스를 죽일 항체를 받고 태어날 수는 없다. 신생아들은 어머니에게서 로타바이러스를 이길 면역력을 받지 못한다. 태어나서 여러 바이러스가 침입하지만, 가장 흔하게 신생아에게 병을 일으키는 첫 번째 바이러스가 로타바이러스이다.

로타바이러스는 전염력이 매우 강하다. 어느 아기 하나가 설사를 시작하면 신생아실에 있는 거의 모든 아기가 설사를 시작한다. 성인보다 신생아는 탈수에 특히 취약하다. 반나절 정도의 설사에도 혈압이 떨어지고 심하면 심장 정지까지 일어난다. 신속한 처치가 늦어지면 아기가 생명의 위협을 당한다. 몇 해 전까지만 해도 산후조리원의 신생아실에서 많은 아기가 설사를 하여 병원 응급실로 이송되는 일이 흔하였다. 병원 신생아실에서도 로타바이러스 감염에 의한 설사가 일어난다. 병원에 입원하고 있는 신생아들은 조기 수액치료가 가능하기 때문에 여간해서는 탈수에 의한 사망까지 이르지는 않는다.

신생아실에서 반드시 지켜야 할 안전 수칙이 있다. 모든 아기의 기저귀를 갈고 난 후에 그때그때 바로 손을 씻어야 한다. 흐르는 물과 비누 거품으로 손에 혹시 붙어 있을 수 있는 설사 바이러스를 물과 함께 흘려보내야 한다. 아기들이 여럿 있는 신생아실이나 산후조리원뿐만 아니라, 집에 가서도 아기 기저귀 갈 때마다 반드시 손을 씻어야 한다.

성인에게는 설사가 흔하고 대수롭지 않은 일이지만 신생아에게는 생명을 위협하는 사건이 되기도 한다. 로타바이러스에 의한 설사병을 이길 면역력을 주기 위하여 로타바이러스 예방접종 백신이 개발되어 있다. 그러나 모든 신생아가 받아야 할 의무 접종에 로타바이러스 예방접종은 빠져 있다. 부모가 신청해야만 맞을 수 있는 선택 접종에 포함되어 있다. 하루빨리 로타바이러스 예방접종이 선택 접종에서 의무 접종으로 바뀌어 신생아 설사로 목숨을 위협받는 일이 없어졌으면 좋겠다.

미숙아에게 비아그라를?

비아그라가 세상에 나온 이후 한의원의 보약 매출이 대폭 줄어들었다 한다. 덩달아서 한의과 대학에 대한 입시 경쟁률도 같이 감소하였다. 몸의 건강을 위해서도 복용하였지만 왕성한 성생활에 더 필요했던 것 같다. 비아그라는 원래 심장질환 치료를 목적으로 개발되었으나 정작 심장질환 치료에는 효과가 크지 않아 폐기될 뻔한 신약이었다. 그러나 비아그라를 복용한 환자에게서 발기가 일어나는 예상치 못한 부작용이 발견되었다. 엉뚱하게도 비아그라의 부작용이 오히려 발기부전 치료제로 쓰이는 계기가 된 것이다.

비아그라는 혈관 확장 작용이 있다. 남성 성기의 혈관이 확장되면 해면체로 혈류가 원활하게 공급되어 발기를 촉진하는 작용을 하게 된다. 약 중에서 애초 개발한 치료 목적과 다르게 사용하는 예가 아스피린이다. 아스피린은 열을 내리고 통증을 감소시킬 목적으로 오랫동안 해열진통제로 사용되어 왔다. 그러나 최근에는 아스피린이 혈관 내에 혈전이 생겨 혈관이 막히는 것을 방지하는 목적으로 더 널리 쓰이고 있다. 이렇게 원래 개발했던 치료 목적보다는 다른 치료에 더 널리 쓰여 인류의 행복과 건강에 이바지하는 약들이 많다. 뒷걸음을 치다 대박을 터트려 제약회사를 먹여 살리는 약들이다.

인류에게는 무병장수의 오랜 염원이 있다. 중국의 진시황 때도 불로초를 구하려 조선 땅에 사신을 보냈다. 십장생도는 무병장수의 염원을 그림으로 표현한 것이다. 십장생도에 그려진 해, 산, 돌, 물 등 열 가지 사물이 모두가 장수를 뜻하는 것들이다. 경복궁 자경전 뒤뜰에는 십장생을 그려 넣은 십장생 굴뚝이 있다. 우리나라 민초들은 무병장수를 이루기 위해 오랫동안 보약을 사랑하여 왔다.

미숙아들에게는 정력을 위한 보약이 필요 없다. 그런데 엉뚱하게도 비아그라가 미숙아 폐동맥 고혈압 치료제로 쓰였다. 분만 직후 아기의 우렁찬 첫울음과 함께 공기가 폐로 들어가면서 쪼그라져 있던 폐가 활짝 펴진다. 이때 양수에 젖어 있던 폐에서 양수가 마르면서 정상적으로 폐가 들이쉬기와 내쉬기를 하기 시작한다. 그런데 양수의 물기가 덜 제거되면 폐에서 산소공급이 원활하게 이루어지지 않는다.

활짝 펴진 폐로 심장에서 혈액이 보내지면 폐에서 산소를 얻는다. 산소를 얻은 피가 다시 심장으로 돌아온 후, 심장의 펌프운동으로 온몸으로 산소를 공급하는 것이다. 이렇게 폐와 심장은 두 개의 장기가 일사불란하게 협동하여 우리 몸에 산소를 공급한다. 이런 심장과 폐에서 동시에 일어나는 대격변이 순조롭지 않은 경우가 있는데, 그 중의 하나가 폐동맥 고혈압이다.

폐동맥이 수축되면 동맥혈관 내의 압력이 높아진다. 심장에서 폐로 혈액이 들어가지 못하는 상황이 발생한다. 폐동맥 고혈압이 장시간 지속되면 산소 부족으로 뇌에 손상이 오고 심한 경우 심장마비까지 발생한다. 수축된 폐동맥의 혈관을 확장시켜 폐동맥의 혈압을 낮추어야 한다. 응급 상황이다. 이때 미숙아에게 비아그라를 투여한다. 비아그라가 폐동맥 혈관을 확장시켜 폐동맥의 혈압을 낮추기 때문이다.

미숙아에게 정력제인 비아그라가 투여되는 것인데, 아기가 성인이 된 다음에 갓난쟁이 시절에 비아그라를 사용하였다고 하면 무어라고 반응할까 궁금해진다.

미숙아에게는 호흡을 하는 것도 힘이 드는 일이다. 자주 호흡을 멈추는 무호흡이 발생한다. 그래서 호흡을 감시하는 장치

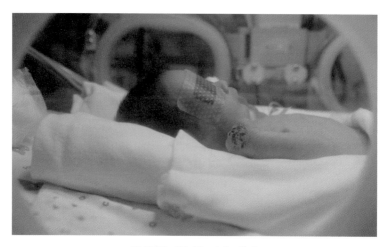

광선치료 때문에 눈 가리고 꿀잠

가 부착되어 있다. 얼마간 호흡이 감지되지 않으면 경보장치가 울린다. 간호사가 달려가 몸을 살며시 쓰다듬어 준다. 자극으로 아기의 숨이 다시 돌아온다. 이렇게 조심스럽고 부드러운 자극으로도 아기는 다시 숨을 쉰다. 숨을 안 쉬는 원인은 뇌에서 폐에게 호흡을 하라는 신경 계통의 명령이 너무 약해서 그렇다. 미숙아들은 숨을 들이마시고 내쉬는 일이 중노동이 되어 숨 쉬기가 귀찮은 모양이다. 무호흡이 너무 잦으면 뇌를 자극하여 숨을 쉬게 하려고 카페인을 투여한다.

회진을 돌다 보면 호흡을 멈추는 미숙아를 자주 보게 된다. 그럴 때면 이 아기에게 커피를 먹여 볼까 하는 엉뚱한 상상을 하곤 한다. 커피를 마시고 비아그라를 먹는 미숙아! 이런 모습을 상상하다 보면, 지금 내 앞에 치료받고 있는 갓난쟁이가 어른이 하는 짓을 따라 하는 '애어른' 같은 모습으로 떠오른다. 회진팀 모르게 혼자 속으로 미소가 지어진다. 미숙아를 빨리빨리 키워 엄마 품에 돌려 드리고 싶은 소망이, 엉뚱하게도 미숙아가 커피를 마시고 비아그라를 복용하는 상상으로 이어지는 것이다.

신생아의 시니컬한 미소

갓 태어난 신생아를 태운 구급차가 경적을 울리며 응급실에 도착한다. 당직 소아과 전공의가 신생아 얼굴을 보는 순간 즉시 진단이 내려진다. 신생아 파상풍 환자다.

신생아의 얼굴은 천사같이 평화롭다. 그러나 파상풍에 감염된 신생아의 얼굴에는 비웃는 듯한 냉소가 가득하다. 이 시니컬한 미소를 소아과 교과서에서는 'risus sardonicus', 즉 '안면 경련으로 인한 웃음'이라고 부른다. 의과대학 소아과 시험에 항상 출제되는 족보 중의 하나이다. 갓 태어난 신생아의 얼굴에 비웃음이 가득하다니! 너무나도 특이한 표정이기 때문에 파상풍 아기를 한 번이라도 경험한 의사는 얼굴을 보는 즉시 파상풍 진단을 내릴 수 있다.

신생아 파상풍은 비위생적인 분만 과정을 거치면 발생한다. 탯줄을 소독되지 않은 가위나 식칼로 절단할 때, 탯줄을 통하여 파상풍균이 신생아에게 감염되는 것이다. 과거 우리나라 경제가 어려웠던 시절에는 가정에서 분만이 많았다. 보건 수준과 위생 상태가 열악하여 응급 분만 시에는 소독되지 않은 가위나 심지어는 이빨로 탯줄을 절단하곤 하였다. 드물게 마대나 가마니가 분만 장소로 사용되기도 하였다. 지금 세대는 상상조차도 할 수 없는 일들이 불과 40여 년 전에는 흔하게 일어나고 있었다. 비위생적 상황에서 분만이 이루어져서 파상풍에 걸린 아기가 대단히 많았다. 전공의 시절 당직 의사가 되면 하룻저녁에도 몇 건의 신생아 파상풍 환자가 응급실로 내원하였다.

파상풍을 일으키는 세균은 신경독소를 분비하여 온몸의 근육을 경직시킨다. 얼굴 근육을 수축시키고 안면 경련을 일으켜 입을 바깥쪽으로 잡아끌어 당긴다. 안면 근육의 경직이 비웃는 듯한 미소 같은 표정을 만든다.

파상풍 환자를 입원시키면 한잠도 잘 수가 없었다. 파상풍 세균은 호흡 근육도 경련을 일으켜 호흡을 멈추게 한다. 기관지에 삽관을 하고 밤을 새워 인공호흡을 시켜야 한다. 요즘은 인공호흡기가 자동으로 호흡을 시켜 주지만, 당시는 손으로 산소백을 눌러서 강제로 호흡을 시키던 때였다. 잠깐 졸면서 산소백을 놓으면, 즉각적으로 심장박동이 떨어져 감시장치에서 경보음이 울린다. 한잠도 못 자면서 손으로 인공호흡을 시켰던 과거 전공의는 정말 고달픈 인생이었다.

요사이는 신생아 파상풍 환자를 찾아볼 수가 없다. 간혹 구급차 안이나 병원으로 가는 택시 안에서 분만이 드물게 일어나기도 한다. 그러나 구급차 안에서도 위생적으로 분만을 시킨다. 거의 100% 병원 분만이 되기 때문에 파상풍균이 신생아에게 감염을 일으키지 못한다.

그러나 간혹 성인에서 파상풍이 발생한다. 파상풍균은 산소를 싫어하여 주로 흙 속에 숨어 있다. 흙 작업을 하다가 상처가 나면 파상풍이 발생할 수 있다. 성인이 되어 파상풍에 걸리지 않게 하려면, 돌 전에 시작하는 파상풍 예방 기본접종은 물론, 성인이 되어서도 파상풍 예방 추가접종이 필요하다.

파상풍 예방접종을 DPT라고 부른다. DPT는 세 가지 질환을 한꺼번에 예방할 수 있는 예방접종이다. D는 디프테리아 diphtheria, P는 백일해pertussis, T는 파상풍tetanus의 약자이다. DPT가 소아의 기본 예방접종이 됨에 따라 지금은 모든 아기가 돌 전에 파상풍 예방주사를 맞는다. 그래서 디프테리아와 백일해 그리고 파상풍은 우리 자녀들에게서 거의 볼 수 없는 질환이 되었다.

과거 응급실에서 하루 몇 명씩 경험할 정도로 흔한 질환이었던 파상풍은 요사이 소아과 전공의들에게는 경험할 수 없는 희귀 질환이 되어 버렸다. 파상풍 신생아의 시니컬한 미소도 교과서에나 남아 있는 전설이 되었다.

태아와 엄마는 한 몸

　결혼식을 마친 부부는 일생의 아름다운 추억을 간직하기 위하여 신혼여행을 떠난다. 신부는 사랑하는 새신랑과 함께 술잔을 들고 사랑의 언약을 속삭인다. 때로는 신랑 신부 친구들과 함께 술파티를 즐기며 과음을 하기도 한다. 신혼여행에서 돌아온 후에도 신혼의 무드를 즐기려고 저녁식탁에서 자주 포도주를 마신다.

　음주가 식사처럼 일상화된 시대에 살고 있다. 점심시간에 시내 식당에 들르면 테이블마다 소주나 맥주로 반주를 즐기는 모습을 자주 본다. 여성들만 모인 식탁에서도 소주병이 보인다. 평등을 중시하는 세상이지만 음주에서만은 평등을 외치고 싶지 않다. 특히 신혼이나 임신을 원하는 가임연령 여성에게는 남성과 달리 금주가 요구된다.

태아 알코올 증후군fetal alcohol syndrome은 임신 중에 어머니가 마신 술이 태아에게 나쁜 영향을 끼친 질환이다. 어머니가 만취하도록 술을 마셨다면 태아도 만취 상태가 된다. 태아를 만취시킨 알코올은 어머니보다 배설이 느려 더 오래 태아에게 남아 있다. 태아 알코올 증후군으로 출생한 아기 얼굴을 보면, 턱이 작고 눈도 작은 이상한 얼굴 모양을 가지고 태어난다. 심장과 콩팥 그리고 관절의 이상을 초래하기도 한다. 특히 뇌와 신경이 형성되는 시기인 임신 초기의 음주는 임신 말기보다 더 위험하다. 태아의 뇌 발달을 지연시켜 뇌의 크기를 감소시키고, 후에 초등학교 입학을 하면 학습 지진아를 만들기도 한다.

임신 초기나 말기 어느 시기에 마신 술이라도 태아 알코올 증후군을 일으킨다. 어느 누구도 몇 잔부터는 태아 알코올 증후군을 일으킨다고 말하지 못한다. 술을 적게 마시거나 많이 마시거나 마신 양과 관련 없이 어머니가 마신 술은 바로 태아에게 넘어간다. 가임 여성이라면, 특히 아기를 원하는 여성이라면 절주가 아닌 금주를 하여야 한다.

미국 브라운대학 우먼앤드인펀츠병원에는 여러 가지 재미있는 포스터들이 있다. 가장 많은 포스터가 의료진에게 손씻기를 강조하는 포스터이다. 모자병원이기 때문에 산모 교육용 포스터도 많은데, 그중에 가장 눈에 띄는 것이 있었다. 산모가 술병을 들고 담배를 태우고 있고, 자궁 내의 태아도 어머니와 같은 자세로 술병을 들고 담배를 피우는 모습을 그린 포스터이다. 나는 이 포스터가 '산모와 태아가 두 몸이라도 하나'라는 의미를 너무 잘 표현하였다고 생각했다. 산모가 마신 술이 태아에게 바로 넘어가 태아가 '알딸딸'하게 되는 듯한 모습을 너무도 실감나게 표현하였다. 귀국 시에 그 포스터를 얻어다가 우리 병원에서도 학생과 전공의 그리고 산모들 교육용으로 사용하였다.

우먼앤드인펀츠병원의 산모 교육용 포스터

임산부가 담배를 피워도 담배의 독성 성분이 바로 태아에게로 건너간다. 미국에는 약물이나 마약 그리고 알코올 중독 산모가 우리나라보다 훨씬 많다. 마약 중독 산모에서 태어난 신생아는 중독과 금단증상이 있으므로 출산 후 해독치료를 하여야 한다. 임신 초기는 태아에게 모든 장기가 만들어지기 시작하는 시기라서, 임신 말기보다 임신 초기에 알코올, 담배, 마약 등에 노출되면 모든 장기가 더욱 크게 손상을 입을 수가 있다.

임신 초기에는 임신한 사실을 알기가 정말 어렵다. 가임연령에 있는 여성들은 태아에게 해로운 물질들과 멀리하여야 한다. 흡연하는 여성이라면 결혼과 동시에 금연을 하고 금주도 하여야 한다. 점심시간에 길거리를 가다 보면 무리를 지어 흡연하는 모습을 보게 된다. 무리 중에 간혹 여성 흡연자도 보인다. 담배도 일종의 중독물질이다. 한번 시작한 담배를 끊기란 여간 어려운 일이 아니다. 흡연 중인 여성에게 달려가 금연을 간곡하게 부탁하고 싶은 마음이 굴뚝같다.

어머니의 아기 사랑은 아버지의 사랑과 비교할 수 없이 강하다. 자신의 자궁 안에서 열 달을 길렀고, 생살을 찢는 배앓이를 하고 아기를 낳았기 때문일 것이다. 출산이라는 과정은 남성이 절대 할 수 없는 오롯이 여성만의 특권이다. 그래서 엄마 사랑인 '모성애'는 남녀노소를 막론하고 누구에게나 따스하고 정겹고 살가운 단어이다.

우리는 '나의 살던 고향은 꽃 피는 산골' 가사처럼 지리적 고향은 추억에 젖어 잘 기억한다. 그러나 육신의 고향인 태반과 탯줄의 모습은 전혀 기억하지 않고, 기억할 수도 없다. 산모는 한 몸에 또 다른 생명인 태아와 공존하고 있다. 태아와 엄마는 태반과 탯줄로 연결되어 있다. 태반은 실처럼 가느다란 수많은 모세혈관으로 가득 찬 혈관 덩어리이다. 태아에게 탯줄은 생명줄이다. 태반의 작은 혈관들이 탯줄에 모여들어 3개의 커다란 혈관을 형성한다. 탯줄의 3개 혈관에는 2개의 동맥과 1개의 정맥이 있다.

탯줄의 동맥을 제대동맥이라 하고, 정맥을 제대정맥이라 부른다. 제대동맥과 제대정맥을 통하여 엄마는 태아에게 발육에 필요한 영양소와 산소를 보내고, 태아는 자신의 노폐물을 엄마에게 되돌려 보낸다. 엄마의 폐에서 얻어진 산소는 탯줄 혈관을 통하여 태아에게 공급된다. 태아로부터 건너온 노폐물은 엄마의 콩팥으로 배출되고, 엄마의 간에서 해독이 된다. 엄마의 폐, 콩팥, 그리고 간이 태아의 폐, 콩팥, 간이 할 일을 대신하여 준다. 태아는 캄캄한 자궁 안에서 양수에 둥둥 떠서, 엄마의 심장 박동 소리를 즐기기만 하면 된다. 심심하면 가끔 발길질하여 엄마와 아빠를 놀래키면서.

태반 혈관에 이상이 있으면 태아가 크지 못한다. 탯줄의 혈관 이상이 있어도 태아 성장에 영향을 미친다. 탯줄이 꼬이면 제대 혈관도 따라 꼬여서 태아에게 산소공급이 잘되지 못하고, 곧 태아의 심장 박동수가 느려진다. 산과 의사는 임신 말기 산전 진찰 시에 태아 심박수와 태아의 운동성 그리고 양수의 양 등을 관찰하여 태아가 편안하게 자궁 내에 있는지 보살핀다. 산과 의사는 태아의 산전 정보를 분만 후 신생아를 진료하는 신생아 의사들과 공유한다.

의사들이 모이는 많은 학회 중에 주산의학회周産醫學會, Society of Perinatology라는 학회가 있다. 태아의 건강을 담당하는 산과 의사와 신생아 치료를 담당하는 신생아 의사들 두 분야가 모여 태아와 신생아의 생명에 관한 연구를 하기 위하여 학회를 만든 것이다. 주산의학회라고 부르니 어떤 분들은 '의사들이 주판을 가지고 무슨 연구를 하느냐'고 묻기도 한다. 주산의학perinatology은 산모와 태아가 하나인 것처럼, 산모를 돌보는 산과 의사와 신생아를 돌보는 신생아과 의사가 하나가 된 학문이다.

국민 건강 수비대

"교수님, 이 아기 엄마 산전 B형 간염 검사결과지가 없습니다. 어떻게 할까요?"

신생아실 회진 시 담당 전공의가 묻는다.

"빨리 산부인과 산모 담당 전공의에게 연락하여 산모 B형 간염 검사를 내보라고 하세요. 그리고 산모 B형 간염 결과를 우리 소아과에서도 확인하세요."

과거 회진 시에 자주 하던 대화이다. 산전 진찰 시 B형 간염 바이러스 검사가 기본 검사로 시행되기 전의 일들이다.

얼마 전까지만 해도 우리나라 산모 10명 중 1명 정도가 B형 간염 보균자였다. 산모가 B형 간염 보균자일 경우, 가족들에게 B형 간염 항원검사를 하면 외할머니, 엄마, 아기 3대 모두 간염 보균자로 확인되는 일이 많았다. 보균자란 간 기능 검사는 정상이라서 간염 환자는 아니고, 간염 바이러스만 몸에 가지고 있는 사람이다. 간 기능 검사를 시행하면 3대에 걸친 보균자들 모두 간 기능은 정상이다. 예상했던 대로 다른 가족들, 아버지와 외할아버지는 B형 간염 항원검사 결과가 음성이라서 B형 간염 보균자가 아닌 것으로 밝혀진다.

왜 가족 중에서도 남자들이 아닌 여성들, 아기 어머니 그리고 외할머니만 B형 간염 보균자일까? 이유는 명확하다. B형 간염 보균자인 외할머니가 아기엄마 분만 중에 B형 간염 바이러스를 아기엄마에게 옮겨 준다. 아기엄마가 B형 간염 보균자가 되어 버린다. 역시 아기엄마도 분만 중에 아기에게 B형 간염 바이러스를 옮겨 준다. 이런 경로로 아기 포함 3대가 B형 간염 보균자가 되어 버린다. B형 간염 바이러스는 분만 시에 어머니로부터 아기에게 전염되는 것이다. 예전에는 B형 간염 보균 산모로부터 대를 이어 자녀가 B형 간염 보균자가 되는 것이 매우 흔하였다.

간암은 우리나라에서 위암 다음으로 흔한 암 중의 하나이다. 우리나라 대부분의 B형 간염 보균자는 보균자였던 어머니로부터 출산 시에 감염된 것이다. B형 간염 보균 상태가 오래 지속되다가 어느 날 간이 굳어지는 간 경변으로 바뀐다. B형 간염 보균자가 모두 간암 환자가 되는 것은 아니지만, 일단 B형 간염 보균자가 되면 간 경변에서 간암 환자로 발전될 가능성이 높아진다. 가족력에 어머니나 외할머니가 간암 환자가 있다면 자녀들에게서 B형 간염 보균자가 있는지 살펴보아야 한다.

우리나라 사람은 참으로 보약을 좋아한다. 한국전쟁 후 한때 혈액으로 만든 주사제가 보혈주사라 하여 보약으로 크게 유행하던 시절이 있었다. 당시 보혈주사는 여러 사람의 피가 혼합된 상태에서 제조되었다. 지금은 헌혈된 혈액에서 B형 간염 바이러스나 에이즈 바이러스가 검출되면 헌혈된 혈액은 폐기된다. 당시에는 B형 간염 바이러스의 존재가 알려지지 않았던 시기이다. B형 간염 바이러스 검사 없이 여러 사람의 혈액이 섞인 상태에서 보혈주사가 조제되었다. 헌혈자 중에서 한 사람이라도 B형 간염 보균자가 있었다면 보균자 혈액과 혼합된 보혈주사는 전부 B형 간염 바이러스에 오염된다. 오염된 보혈주사를 맞은 사람은 모두 B형 간염 보균자가 되어 버린다. 과거 우리나라에 B형 간염 보균자가 많았던 이유 중의 하나가 보혈주사이다.

지금은 한방병원에서 일회용 침을 사용하지만, 오래전에는 그렇지 않았다. 일회용 침을 사용하지 못한 것도 우리나라에 B형 간염 보균자가 많게 된 원인 중의 하나이다. 여러 사람에게 하나의 침을 사용하다 보니 B형 간염 보균자에게 사용하였던 침을 소독하지 않고 다른 환자에게 사용함에 따라 B형 간염 바이러스가 옮겨지게 되었다.

우리나라에서 간암을 줄이려면 B형 간염 보균 산모로부터 태어나는 신생아가 간염 보균자가 되는 경로를 차단하여야 한다. B형 간염 보균 산모에서 태어난 신생아가 B형 간염 보균자가 되고 나이 들어 간암 환자가 되는 악순환을 끊어야 한다. 차단하는 획기적 방법이 B형 간염 예방접종이다. B형 간염 예방접종은 접종하는 시간이 중요하다. 갓 태어난 신생아에게 신생아실에서 바로 접종하여야 한다. 출생 직후 예방접종을 받지 않으면 보균 산모에서 태어난 신생아의 80~90%가 B형 간염 보균자가 된다. 반대로 이른 예방접종을 받으면 완벽하게 B형 간염 보균자가 되는 것을 예방할 수 있다.

B형 간염 보균 산모에서 태어난 아기에게 주사하는 B형 간염 예방접종에는 두 종류가 있다. 두 종류의 예방접종을 모두 하여야 한다. 하나는 수동면역을 위한 예방접종이고 다른 하나는 능동면역 예방접종이다. 어린이를 위한 여러 종류의 예방접종이 있지만, 이렇게 능동과 수동 두 가지 접종을 동시에 하는 경우는 B형 간염 보균자 산모에서 태어난 신생아를 위한 예방접종밖에 없다.

수동면역 예방접종은 분만 시 어머니 혈액을 통하여 감염된 B형 간염 바이러스를 소멸시키기 위함이다. 수동면역 예방접종은 이미 만들어진 항체를 인체에 투여하는 특별한 예방접종이다. 예방보다는 치료용 예방접종이라고 표현하는 것이 좋다. B형 간염 바이러스를 소멸시키기 위하여 수동면역 예방접종은 생후 12시간 이내에 되도록 빨리 시행한다.

신생아에게 생후 12시간 내에 수동면역 예방접종을 하려면 전제조건이 있다. 분만 전에 미리 산모의 B형 간염 보균 여부의 정보를 알아야 한다. 다행하게도 지금은 대부분 산모에게서 분만 전 검사에 B형 간염 보균 여부 검사가 포함되어 있다. 과거에는 분만 전 B형 간염 보균 확인 절차가 필수 항목이 아닐 때가 있었다. 산모의 B형 간염 보균 여부 확인이 늦어져 12시간 내에 수동면역 예방접종을 놓치는 경우도 종종 있었다.

능동 예방접종이란 약독화된 세균이나 바이러스를 인체에 투입하여 우리 몸에서 항체를 생성하게 하여 병을 예방하기 위한 접종이다. 홍역, 뇌염, 소아마비, 그리고 코로나 예방접종까지 우리가 알고 있는 대부분의 접종은 능동면역 예방접종이다. 능동면역 예방접종은 생후 2~3일 내에 접종하여 B형 간염 바이러스와 싸워 이길 힘이 되는 항체를 스스로 기르게 한다.

과거 두 종류 간염 예방접종 시행 전 우리나라 소아에서 B형 간염 바이러스 양성률이 5% 정도였다. 신생아실에서부터 수동과 능동 두 종류의 B형 간염 예방접종을 적극적으로 시행한 이후 소아청소년에서 B형 간염 바이러스 양성률이 0.1%까지 극적으로 감소하였다. 결과적으로 출생 직후 시행한 B형 간염 예방접종이 우리나라 간암 환자를 감소시키는 데 엄청나게 커다란 역할을 한 것이다.

B형 간염 보균 산모에서 태어난 아기는 예방접종 주사침을 통하여 두 번이나 생애 첫 아픔을 경험한다. 그러나 이 아픔을 통하여 B형 간염 보균자가 되는 것이 차단되고, 이어서 간암 환자로 이행되는 것도 막을 수 있다. B형 간염 예방주사는 우리나라가 최장수 평균수명 국가로 진입하는 데 커다란 기여를 한 것이다. 병에 걸린 후 치료는 괴롭고 힘든 일이다. 예방접종을 통하여 병에 걸리지 않는 것이 본인도 좋고 국가 건강보험 재정도 보호하는 최상책의 방법이다.

핵무기만큼 무서운 핵황달

　결혼 후 새신부에게 시련이 찾아왔다. 첫 아기를 얻은 기쁨도 잠깐, 아기 몸 전체가 노랗게 변한다. 처음에는 많은 아기에게 나타나는 생리적 황달이겠거니 생각하였는데, 아기 눈의 흰자 위까지 노랗게 변했다. 소아과 진료를 하니 핵황달일 가능성이 높아 입원을 한다. 핵황달은 황달이 뇌까지 침입하여 뇌성마비까지 일으키는 무서운 병이다. 입원 후 핵황달을 치료하기 위하여 아기 피를 모두 빼내고 새로운 피로 바꾸는 교환수혈까지 하게 되었다.

　여기서 예기치 못한 새신부의 결혼 전 사건이 알려지게 된다. 아기의 핵황달 치유 과정에서 산모의 결혼 전 낙태 경험이 밝혀지게 된 것이다. 왜냐하면 신생아 핵황달은 첫 임신에서는 발생하지 않고 두 번째 임신한 태아부터 시작하기 때문이다. 아기의 황달로 인하여, 결혼 전 첫 임신을 숨겼던 신부의 과거 역사가 밝혀져서 신혼 가정이 깨어지는 일까지 벌어진다. 작가들에게 는 드라마 소재로 쓰일 법한 이야기다.

　모유를 수유하면 많은 신생아의 얼굴이 노랗게 되어 어머니 들은 불안해한다. 심한 경우에 눈동자까지 노랗게 될 수도 있지 만, 모유황달이라서 걱정을 하지 않아도 된다. 성인들은 겨울에 귤을 너무 많이 먹은 경우에 손바닥과 발바닥까지 노랗게 변하 는 수도 있다. 모유에 의한 황달이나 귤을 많이 먹어 노랗게 되 는 것은 걱정할 필요가 없다. 귤의 카로틴이란 성분 때문에 피 부가 노란색을 띠지만 귤 먹는 것을 중단하면 금방 소실된다.

　귤에 의한 노란 피부는 귤을 끊으면 없어지지만, 모유황달은 거꾸로 모유수유를 늘리면 소실된다. 대부분의 모유황달은 수 분 섭취가 부족하여 생긴다. 모유를 더 먹이든지 모유수유와 함 께 물을 많이 먹이면 황달이 없어진다.

　황달이 심해지면 황달을 치료하기 위하여 신생아집중치료실 에 입원을 시킨다. 황달 수치를 떨어뜨리기 위하여 아기를 형광 등 밑에 둔다. 불빛으로 황달을 치료하는 것이다. 북미대륙의 원주민 인디언들은 아기가 노랗게 되면 아기에게 햇볕을 쪼여

황달을 해결하였다. 미국 소아과 의사들이 햇볕으로 황달을 치료하는 인디언들의 황달 치료법을 주목하기 시작하였다. 연구 결과 태양광선을 받으면 황달 성분이 몸에서 빨리 배출된다는 사실을 알아내었다. 그 후부터 광선치료가 신생아 황달의 기본 치료가 되었다.

황달이 뇌까지 침입하여 뇌손상을 일으키는 핵황달은 치명적이다. 핵황달은 아기와 어머니의 혈액형이 달라서 발생한다. 우리가 알고 있는 ABO 혈액형 이외에 또 다른 혈액형 구분 방법으로 Rh 양성과 음성으로 구별하는 방법이 있다. 인구의 20%가 Rh 음성인 서양인과 달리 동양인은 1%만 Rh 음성이다.

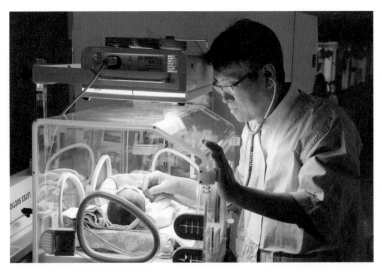

광선치료로 어서 나으렴

핵황달은 어머니가 Rh 음성이고 태아가 Rh 양성일 때 발생한다. 산모와 태아의 Rh 혈액형이 다른 것이다. 핵황달은 두 번째 임신에서부터 나타난다. 첫 분만 시에 Rh 양성 태아의 피가 엄마에게로 넘어가서, Rh 음성인 어머니 몸에서 Rh 항체를 형성한다. 두 번째 임신이 되면 태반을 통하여 어머니가 가지고 있던 Rh 항체가 아기에게로 넘어와서 아기의 적혈구를 파괴시킨다. 이때 깨어진 적혈구에서부터 많은 양의 빌리루빈이라는 노란색 물질이 쏟아져 나온다. 대량의 빌리루빈이 뇌에 침입하여 뇌손상을 주어 뇌성마비를 일으키는 것이 핵황달이다.

전공의 시절, 응급실을 통하여 핵황달로 입원하는 갓난아기들을 만나게 되는데 이때 아기 뇌의 손상을 피하기 위하여 급하게 교환수혈을 하게 된다. 일단 아기 배꼽 혈관을 확보한 후에, 어머니에게서 넘어와서 신생아의 적혈구를 파괴하는 Rh 항체를 제거하는 교환수혈이 시작된다. 교환수혈은 배꼽 혈관을 통하여 아기 피를 모두 빼내고 Rh 항체가 없는 새로운 피를 아기에게 넣어 주는 것이다. 교환수혈을 하려면 거의 밤을 새우게 된다. 아기의 피를 전부 새 피로 바꾸려면 아기 혈액량의 두 배나 되는 혈액을 사용하여 조심스럽게 교체를 하기 때문에 오랜 시간이 걸린다.

요사이 소아과 전공의들은 교환수혈로 밤을 새우는 일이 거의 없어졌다. Rh 음성 산모가 낙태하든, 첫 출산을 하든 간에 태아에서 산모로 넘어간 Rh 양성 혈액을 소멸시키는 치료법이 개발되었기 때문이다. 산모에게 투여한 치료제가 산모에게 넘어간 태아의 Rh 양성 혈액을 모두 제거해서 어머니에게서 Rh 항체가 생기지 못하도록 한다. 그 결과 두 번째 출산에서도 핵황달같이 심한 신생아 황달이 발생하지 않게 된다.

미국에 연수할 당시 이야기이다. 미국 도착 후 몇 주 정도 지났는데 나를 초청한 윌리엄 오 교수와 면담 스케줄이 잡혔다. 첫 말씀이 미국에서 어떤 연구를 하고 싶은지 연구 제목을 내라는 주문이었다. 일찍 미국 연수를 다녀온 선배 교수들은 초청 교수의 연구를 도와주는 일을 하였다고 듣고 미국에 왔기 때문에 매우 당황하였다. 실험실에서 초청 교수의 연구를 돕는 것이 아니라 나 자신이 하고 싶은 연구 주제가 있으면 연구를 지원하겠다는 것이었다. 내가 윌리엄 오 교수의 연구를 도와주면서 배우는 것이 아니라, 오히려 윌리엄 오 교수가 나의 연구를 지원하여 주겠다는 의외의 말씀이었다.

연구 주제에 대하여 전혀 준비되지 않았던 터라 매우 난감하였다. 이때 떠오른 것이 전공의 시절 밤을 지새우며 시행한 핵황달 치료를 위한 교환수혈이었다. 핵황달은 생후 2~3일 내의 아기에게 나타난다. 생후 일주일 정도 지나서 늦게 나타나는 황달은 황달이 아무리 심해도 황달이 뇌까지 들어가지 않는다. 결과적으로 늦은 황달은 핵황달이 되지 않고 뇌성마비까지는 일으키지 않는다는 사실이 궁금하였다.

'왜 태어난 지 일주일만 지나면, 며칠 사이로 핵황달의 위험이 사라질까?'라는 의문이 항상 머릿속에 있었다. 그래서 세운 연구 가설이 '생후 초기에는 뇌와 혈관 사이에 장벽이 형성되지 않아 황달이 뇌로 침범하여 뇌손상을 일으킨다. 그러나 생후 일정 시간이 지나면 혈관과 뇌 사이에 장벽이 형성되어 핵황달이 일어나지 않게 된다'였다. 가설을 세운 다음 구체적 연구 방법을 찾기 위해 하루 종일 병원 도서실에서 홀로 문헌을 찾았다. 그때가 미국 독립기념일 즈음이라 의사들이 휴가를 떠나 도서실이 텅 비어 있었다.

연구계획서를 윌리엄 오 교수에게 제출하니 당장 실험동물을 준비하여 주었다. 실험동물은 생후 2일 된 새끼 돼지와 생후 2주 된 새끼 돼지였다. 2일과 2주 된 돼지에게 황달 물질을 주입하고, 각각의 뇌에서 황달의 존재 유무를 찾아 나이가 먹음에 따라 혈관과 뇌 사이에 장벽이 형성된다는 가설을 증명하는 것이다. 당시 황달 실험 지도교수였던 닥터 카쇼어는 황달 물질을 투여하여 샛노랗게 된 실험동물 돼지를 'New England Golden Piglet'이라고 부르던 기억이 새롭다.

1년에 걸친 실험 결과 나의 가설이 입증되었다. 실험의 결과는 내용이 방대하여, 논문을 두 편으로 나누어 작성하게 되었다. 연구논문은 《Pediatric Research》라는 소아과 최고의 학술잡지에도 게재되었고, 영어 신생아학 교과서인 《Avery's Neonatology》에도 인용되었다. 최근에도 혈관과 뇌 사이의 장벽에 관한 연구가 치매 치료 신약 개발에 중요한 연구과제가 되고 있다. 복용한 약이 혈관과 뇌 사이의 장벽 때문에 뇌에 도달하지 못하여 치료효과를 발휘하지 못하게 하기 때문이다.

또 다른 영광스러운 일은 연구논문 두 편이 모두 미국 소아과 학회SPR, Society for Pediatric Research에서 발표하도록 채택된 사실이다. 한 편은 구두 발표로, 다른 한 편은 포스터로 발표되도록 초청을 받았다. 미국 연수 귀국 후 1년 후에 두 편의 논문을 미국 소아과학회에서 발표하기 위하여 다시 출국하였다. 하나의 논문은 수천 명이 참석하는 대학회장에서 발표하도록 배치가 되었다. 준비된 원고를 정신없이 발표하고 내려오니 속옷이 땀으로 흥건하게 젖어 있었다.

연단에서 내려오니 처음 보는 한국인 교수가 나를 찾아오셨다. 미국 시카고대학의 신생아과장 이광선 교수셨다. 이광선 교수는 한국에서 의과대학을 졸업하였지만, 미국에서 소아과 전문의 과정을 마친 미국 소아과 전문의이다. 미국 소아과 전문의가 아닌 한국 소아과 전문의가 미국 소아과학회에서 발표하는 것은 내가 처음이라고 말씀하시면서 축하해 주셨다. 그날 저녁 학회장 호텔 바에서 이광선 교수님은 늦은 밤까지 축하주를 사 주며 나를 격려하여 주셨다.

손씻기가 살린 아기들

"선생님, 저희 간호사들 핸드로션 좀 사주세요."

나에게 신생아집중치료실 간호사들이 회진 중에 간곡하게 부탁한 말이다. 손이 가마니처럼 거칠어져서 핸드로션을 사달라고 요구한다. 신생아집중치료실 간호사와 전공의들이 손바닥에서 손금이 안 보인다고 항의한 적도 있었다. 너무 손을 자주 씻다 보니 일어난 일이다. 특히 간호사들에게는 아기 기저귀를 갈 때마다 손을 씻으라고 하였기에 하루에도 수십 번씩 손을 씻게 되었고, 그 결과 손이 거칠어지고 손금까지 보이지 않는다고 과장 섞인 불평을 하게 된 것이다.

미국 우먼앤드인펀츠병원에서 연수할 때 신생아집중치료실 회진에 처음 참여한 날이었다. 집중치료실 회진팀은 주치의 교수, 전임의, 전공의, 간호사, 호흡치료사, 영양사, 그리고 사회사업가 등 6~7명으로 구성된다. 회진을 돌다가 갑자기 주치의 교수가 자리를 뜬다. 나는 주치의 교수를 따라 쫓아 움직였으나 다른 회진팀은 꼼짝 않고 그 자리에 서 있다.

주치의 교수가 신생아 환자를 진찰한 후에 손을 씻으러 싱크대에 간 것이다. 회진팀은 교수가 손을 씻은 후 도로 다음 회진 신생아에게 돌아오리라는 것을 알고 있었기에 움직이지 않았던 것이다. 미국 신생아집중치료실의 감염 관리 원칙인 신생아 진찰 후 매번 손을 씻는다는 것을 내가 처음 경험한 순간이었다. 아무도 움직이지 않는데 나 홀로 손 씻으러 가는 주치의 교수 뒤를 쫓아 따라간 것이 창피한 일이기도 하였지만, 병원 감염 관리에 대한 기본을 깨닫는 중요한 순간이었다.

신생아집중치료실의 손씻기가 얼마나 중요한 기본적 감염 관리 원칙인지를 깨닫게 되는 중요한 사건이 또 하나 있었다. 한 달에 한 번 열리는 우먼앤드인펀츠병원의 대집담회 제목이 '신생아 감염 관리'였다. 집담회 시작과 동시에 강의 담당교수인 닥터 카쇼어가 머리에는 수술실용 모자, 손에는 수술실 장갑, 발에는 수술실 발싸개, 온몸에는 수술실용 가운, 그리고 마스크까지 쓰고 강단에 나타났다. 그리고 전신을 휘감았던 장갑을 비롯한 모든 수술실용 도구들을 벗어 버렸다. 그리고 양손을 번쩍

들더니 "감염 관리를 위해서는 이 모든 것 다 필요 없고 손만 잘 씻으면 된다"라고 외쳤다. 몸소 열정적으로 연극을 한바탕 하고 손씻기의 중요성을 강조한 후 신생아 감염 관리 강의를 시작하는 것이다.

귀국 후 세브란스병원장 시절에 병원 전체 수간호사 70여 명을 모이게 하고 나 자신이 스스로 미국 우먼앤드인펀츠병원에서 보았던 손씻기 강조 연극을 직접 해 보였다. 미국이나 우리나라 모두 의료진이 손씻기의 중요성을 잘 알지만 실천이 어려웠던 시절 이야기이다. 병원 감염 관리에서 손씻기의 중요성은 아무리 강조하여도 지나치지 않다.

미국 클리블랜드 클리닉^{Cleveland Clinic}에서 목격한 장면이다. 의사들이 병실 환자 회진을 마치고 다음 환자 병실로 이동할 때 의사들이 잘 보이게끔, 병실 문에 '다음 환자 진찰 전에 손을 씻어 주세요'라는 포스터가 붙어 있었다. 싱가포르 국립병원인 싱가포르 제너럴 호스피털^{Singapore General Hospital}을 방문하였을 때, 병원 외벽 전체에 걸린 배너에는 이런 문장이 쓰여 있었다. 'Clean Hands Save Your Lives^{깨끗한 손은 환자는 물론 의료진의 생명도 구} ^{한다}'라는 손씻기 캠페인 포스터였다.

신생아집중치료실에는 신생아과뿐만 아니라 소아외과, 소아

정형외과, 소아안과 등 신생아 질환 관련 여러 진료과 의사들이 협진을 하기 위하여 입실하지만 모든 의사들이 손씻기에 적극적인 것은 아니다. 손씻기를 강제적으로 하게 하기 위하여, 집중치료실 출입 시 손씻기를 먼저 하여야 집중치료실 문이 열리게도 하여 보았다. 손을 씻지 않고 입장하는 협진과 전공의를 집중치료실에서 퇴장도 시켜 보았다. 병원장 시절에는 전체 병원 의료진의 손씻기를 정착시키기 위하여 손씻기 캠페인인 'Hi-Five' 운동을 시작하였다. 요사이는 코로나 팬데믹으로 손씻기가 일상화되었지만, 과거에는 병원장이 직접 나섰음에도 불구하고 병원 내 손씻기 정착에 3년이 소요되었다.

가장 효과적인 감염 관리 수단은 흐르는 물에 비누 거품을 이용하여 손을 씻는 것이다. 바이러스는 고농도 알코올에서도 잘 죽지 않기 때문에, 알코올이 조금 들어간 손소독제는 바이러스를 죽이는 데 효과적이지 않다. 바이러스를 죽이려고 하루에 몇 번씩 알코올에 손을 담글 수는 없는 노릇이다. 의사나 간호사의 손에 있는 바이러스나 세균을 죽일 수 없다면, 물과 함께 비누 거품으로 흘려보내는 것이 상책이다. 거품으로 바이러스를 흘려보내려면 모든 병실에 손 씻을 싱크대가 준비되어야 한다.

세브란스 새 병원 건축 시에 많은 반대에도 불구하고 5~6인용 다인실을 포함한 모든 병실과 외래진찰실에 손씻기 싱크대

연세대 세브란스병원, 손씻기 '하이 파이브' 캠페인

이태경 기자 ecarol@chosun.com

이철(가운데) 원장은 "손만 잘 씻으면 많은 질병을 사전에 차단할 수 있다"며 '하이 파이브'를 외쳤다. '하이 파이브'는 꼭 손을 씻어야 하는 다섯 가지 상황을 뜻하며, 깨끗한 다섯 손가락을 만들자는 운동이다. ☞ 동영상 chosun.com

"손만 잘 씻어도 병원감염 위험 절반 줄어"

연세대 세브란스병원엔 5명의 '암행어사'가 있다. 감염관리 파트 직원 5명이 병원을 돌아다니며 의사·간호사·의료기사·물리치료사 등이 제대로 손을 씻고 있는지 감시를 한다. '암행어사'는 손 안 씻는 의료진이 중환자실에서 근무하지 못하도록 '퇴출'시킬 수 있는 권한까지 부여받았다.

이 병원은 요즘 손 씻기 전쟁터가 됐다. 진료실·병실·검사실·물리치료실·영상의학과 등 병원 어디서나 의료진은 환자 몸에 손을 대기 전과 후에 반드시 손을 씻어야 한다. 환자 침대나 물건을 만져도 손 씻기를 해야 한다.

이 원칙을 어기면 경고를 받는다. 백발이 희끗한 노(老)교수라고 예외가 아니다. 회진 돌면서 중간에 손 씻기를 깜박하고 깜박하면 영락없이 휴대폰으로 경고 메시지가 날아 온다. 중환자실 간호사들은 평균 5분에 한번 손을 씻고 있다.

의료진을 손 씻기 '강박증 환자'로 만든 사람은 손씻기 없는 병원을 선언한 이철(60) 병원장이다. 그는 지난해 11월 '하이 파이브'(Hi! Five) 프로젝트를 발족시켰다. 철저한 손 씻기로 '깨끗한 다섯 손가락'을 만들자는 캠페인이다.

중환자실은 손을 씻지 않으면 들어갈 수 없도록 개조됐다. 입구에 있는 알코올 세수대(洗手臺)에 손을 갖다 대야 센서가 인식해 문이 열리기 때문

이다.

병상에는 샴푸처럼 꼭지를 누르면 알코올 젤리가 나오는 손 세척제가 환자 머리 양옆과 발 쪽에 3개나 놓여 있다. 의료진이 환자의 호흡기를 만진 손으로 팔·다리 등 다른 부위를 만질 때 다시 알코올로 손을 닦도록 하기 위해서다. 의료진의 손길을 통해 호흡기 세균과 피부 세균이 서로 옮겨가는 것을 막

환자 몸에 손대기 전후나 침대나 물건을 만진 후 씻어

중환자실 간호사는 5분마다

"손등 부르트도록 씻어요"

기 위한 조치다. 이런 규칙 때문에 간호사들은 하루 8시간 근무 중 80~100번을 손을 씻어야 한다.

◆급감한 세균 검출

'하이 파이브'가 급속히 늘면서 비누와 알코올 세척제 소모량이 급속히 늘었다. 중환자실의 경우 500cc 알코올 소독제 월평균 사용 개수가 예전의 141개에서 269개로 2배 증가했다. 병원 전체 물비누 소비는 4배나 늘었고, 병상(病床)당 알코올 소독제 사용량은 하루 45cc에서 85cc로 뛰었다. 알코올 자극으로 간호사들의 손등이 부르트면 병원은

핸드 로션까지 지급하면서 손 씻기 독려를 계속하고 있다.

손 씻기는 '기적' 같은 변화를 불러왔다. 병원 감염 위험지표인 항생제 내성 장내세균(VRE) 검출 건수가 지난해 한달 평균 90여건에서 요즘은 40여건으로 뚝 떨어졌다. 세균은 환자의 분변(糞便) 등을 통해 나와 손이나 피부 접촉을 통해 다른 사람에게 전파될 수 있다.

이 원장은 "원장이 째째하게 손 씻기나 시킨다고 하는 사람들도 있었지만 손 씻기와 같은 간단한 실천이 병원균 감염위험을 절반으로 줄이는 결과를 낳았다"고 말했다.

국내의 400병상 이상 의료기관에서 한해 동안 발생하는 병원 감염은 2285건에 달한다(2007년 하반기~2008년 상반기 질병관리본부 조사). 이 원장은 "의료진이 조금만 수고하면 병원 감염

을 확 줄일 수 있다"며 "궁극적으로 격리가 필요한 중증 세균 감염환자도 줄어서 감염 관리비용도 절감할 수 있다"고 말했다.

"다른 병원 사람들이 와서 비결이 뭐냐고 물어 '손 씻기'라고 말해요. 그러면 다들 '애개!' 라며 시큰둥해요. 뭔가 비법을 숨기는 줄 알아요. 하지만 병원에서 일상생활에서건 철저한 손 씻기가 감염을 막는 최고 비결이에요."

의학계에서는 손 씻기만 잘해도 감기, 유행성 눈병, 이질·장티푸스 등 물로 옮기는 수인성(水因性) 전염병 대부분을 예방할 수 있는 것으로 본다. 이 원장은 "각종 식중독 사고와 감염성 질환을 예방하고 오염물질에서 멀어지는 비결은 손 씻기의 생활화"라며 온 국민이 '하이 파이브' 하자고 말했다.

김철중 의학전문기자 doctor@chosun.com

일상생활에서 꼭 손을 씻어야 하는 경우

- 육류·해산물, 씻지 않은 과일·야채를 만졌을 때
- 정수하지 않은 물, 먼지·흙·곤충을 만졌을 때
- 행주를 빨거나 주방·화장실을 청소했을 때
- 화장실 변기 손잡이나 수도꼭지를 만졌을 때
- 오래 된 핵권 돈을 만졌을 때
- 컴퓨터 키보드, 마우스 등을 만졌을 때
- 자주 사용하는 전화나 장난감을 만졌을 때
- 애완동물을 만졌을 때
- 기침·재채기·코풀기를 했을 때
- 음식을 먹거나 조리하기 전

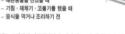

자료=연세의료원

(22.5×34.9)cm

조선일보 2009년 4월 8일 자 "손만 잘 씻어도 병원감염 위험 절반 줄어"에 소개된 하이 파이브 캠페인

를 넉넉하게 마련하였다. 쉽게 손 씻을 여건을 만들어 주어야 손씻기가 정착된다. 싱크대를 설치하려면 상하수도 배관이 필요하다. 배관들은 위층과 아래층 병실들과도 연결이 되어야 하기 때문에 병실 하나만 단독으로는 싱크대 설치가 불가능하다. 손씻기 싱크대는 병원 건물을 새로 지을 때 미리 설계에 반영시켜야 한다. 오래된 병원 건물은 배관을 위아래 층으로 연결시키는 어려움 때문에 새롭게 싱크대 설치가 불가능하다. 궁여지책으로 손 씻을 싱크대 대신으로 손세정제를 비치하는 것이다.

오래전 세브란스병원 직원 70여 명이 집단으로 이질에 감염된 적이 있었다. 이질 감염 직원 전원이 외부에서 납품받은 김밥을 먹은 교직원들이었다. 이질균의 감염 경로를 알기 위하여 김밥 납품업체를 방문하여 역학조사하니 김밥을 만드는 조리원 중에 이질 보균자가 있었다.

김밥 만드는 조리원이 화장실 사용 후 손을 씻지 않고 김밥을 말았던 것이다.

이질 증상이 없더라도 납품받은 김밥을 먹은 전 직원에게서 대변 배양검사를 하였다.

손씻기 포스터

신생아실 근무 간호사 두 명에게서도 이질균이 검출되어 당장 근무에서 제외했다. 간호사는 설사 같은 이질 증상이 없는 이질균 보균자 상태였다. 이질균은 대변을 통하여 전염된다. 신생아실 간호사들이 화장실 사용 후 철저하게 손을 잘 씻은 덕분에, 신생아실의 신생아들에게는 이질균 감염이 전혀 일어나지 않았던 것이다. 다시 한번 손씻기의 중요성을 깨달은 순간이었다.

최근 2년간 코로나 팬데믹으로 전국적으로 손씻기가 정착되었다. 덕분에 어린이부터 노인까지 전 연령에서 감기 환자가 사라졌다. 따라서 전국의 어린이병원에서 폐렴으로 입원하는 환자들도 없어지는 초유의 일이 벌어졌다. 아마도 감기로 지출되던 건강보험 급여가 격감하여 건강보험 재정이 크게 개선되었을 것이다.

의료진의 깨끗한 손이 환자의 생명을 구한다. 모든 국민의 깨끗한 손이 코로나바이러스로부터 본인과 가족의 생명을 구한다. 엄마는 물론 신생아실과 산후조리원 근무자의 깨끗한 손이 갓 태어난 신생아의 생명을 구한다.

기는 아기와 반려견을
같은 실내에?

아내의 이모님이 개를 무척 좋아하셨다. 마당이 있는 한옥 집에 사셔서 항상 개 3~4마리 정도를 키우고 계셨다. 개들이 새끼를 낳으면, 새끼들을 지인들에게 나누어 줄 때까지 10여 마리까지 기른 적도 있다. 같이 살던 딸이 임신하자 이모님께서 그렇게 사랑하던 개를 모두 분양하고, 그 이후에는 개를 한 마리도 키우지 않으셨다. 개를 모두 분양하고 키우지 않게 된 발단은 나의 의과대학 시절 기생충학 실습에서 경험한 일을 이모님께 말씀드린 것이 계기가 되어 버렸다.

의과대학 기생충학 수업시간에는 여러 가지 기생충을 배운다. 흔한 회충, 촌충 등은 물론이고 아메바, 원충류 등 우리나라에서 보기 드문 여러 종류의 기생충들을 배운다. 1960년대 후

반까지 우리나라는 기생충 왕국이었다. 국민들 대다수가 배 안에 기생충을 가지고 있던 시절이다. 기생충학 교수께서 다음 실습시간 숙제를 주신다. 숙제 내용이 참으로 이상했다. 집 안의 방바닥을 스카치테이프로 찍어서 가지고 오라는 숙제였다. 다음 실습시간에 우리 모두는 집에서 가져온 스카치테이프에 붙여진 내용물들을 현미경으로 관찰하였다. 현미경 시야에 회충 알이 보이는 것은 물론이고 촌충 알까지 선명하게 보이는 것이 아닌가! 당시 실습수업에 참여한 모든 학우들의 놀란 표정을 잊을 수가 없다. '세상에! 우리 집 방바닥에 이렇게 많은 기생충 알들이 떠다닌다니!' 하는 표정들이었다.

요사이 우리나라 사람 중에는 기생충을 배 안에 가지고 있는 사람은 없다. 물론 방바닥에도 기생충 알이 떨어져 있을 수 없다. 기생충들은 정기적으로 구충제를 복용하고, 인분 대신 화학비료를 사용하고 나서부터 우리 몸에서 자취를 감추기 시작하였다. 과거에는 왜 기생충 알들이 방바닥에 흩어져 있었을까? 용변 후 아무리 깨끗하게 뒤처리하여도 항문에는 미세한 대변 찌꺼기가 남아 있기 마련이다. 항문에 남은 대변 찌꺼기는 건조해지면, 아주 작은 미세 가루가 되어 방바닥으로 떨어진다. 이때 기생충 알들도 같이 떨어진다. 지금은 화장실마다 비데가 설치되어 큰일을 본 후에 항문이 많이 청결하여졌다. 그러나 과거처럼 방바닥에서 기생충 알은 볼 수 없지만, 아무리 비데를 사용한다고 하여도 건조된 대변의 미세 가루는 방바닥에 떨어져 있을 것이다.

　아기가 기어 다니기 시작하면 두 손과 무릎을 사용하여 온 집 안을 헤매고 다닌다. 날이 갈수록 기는 속도가 빨라지고, 범위도 넓어져서 집 안 구석구석 기어 다니지 않는 곳이 없다. 기는 아기와 개가 같은 실내 공간에서 생활하는 집이 많다. 개를 실내에서 키우면, 눈에 보이지 않는 미세한 개의 대변 가루가 침구를 비롯한 온 집 안을 오염시킬 것이다. 배변 후 뒤처리를 위생적으로 할 수 없으므로, 개들에게서는 더 많은 미세한 대변 가루가 집 안을 오염시키리라고 추측된다. 개의 항문 위생을 위한 비데는 세상 어디에도 없지 않은가!

　개와 같이 실내 생활을 할 경우, 기어 다니는 아기의 손바닥에는 방바닥의 개 대변 가루가 묻을 수밖에 없다. 아기들은 기어 다니는 시기에는 어느 때보다 자주 손가락이나 손을 빤다. 손을 빨 때 개의 대변 가루도 아기 입안으로 들어갈 것이다. 개들에게 주기적으로 구충제를 먹이지만, 그렇지 못한 경우 개의 회충 알도 아기 입으로 들어갈 것이다.

　아기 어머니들은 과민할 정도로 아기의 위생에 신경을 곤두

세운다. 분유 수유 시 사용하는 물은 정수를 한 물이나 생수를 사용한다. 수돗물을 분유 수유에 사용하는 아기 어머니는 없을 것이다. 수돗물조차도 사용하지 않지만, 정작 방바닥에 떨어져 있는 개 대변 가루의 존재는 모르고 지난다.

개도 생명체이다. 세균에 감염되어서 병이 나기도 하고, 털갈이도 하여 개털에 의한 알레르기도 유발한다. 개는 마당이 있는 집에서 키우는 것이 좋다. 기는 아기와 개가 아파트 같은 실내 공간에 같이 생활한다는 것은 위생상 커다란 문제가 된다. 원래 동물에 있는 감염병은 사람에게는 잘 옮겨 오지 않는다. 그러나 최근 박쥐, 낙타, 새, 원숭이로부터 바이러스가 사람에게 옮겨 오고 있다. 코로나, 메르스, 조류독감, 원숭이두창 등이 인류의 생명을 위협한다. 개에게 전염병을 일으키는 바이러스가 사람에게 병을 일으키지 말란 법이 없다. 우리나라에 1,500만 명이 개를 키운다고 하는데, 만일 개에서 코로나 같은 전염병이 시작한다고 하면 상상하기도 무서운 일이 발생할 것이다.

아내의 이모님께 기생충학 실습시간에 보았던 기생충 알과 대변 가루에 대한 말씀을 드렸더니 이모님은 앞으로 태어날 손주를 위하여 사랑하던 많은 개를 모두 분양했던 것이다. 그 후부터는 손주가 기어 다니는 시기를 지나고 걸을 때가 되어도, 다시는 개를 키우지 않으셨다. 사랑하는 손주를 위하여 당신의 즐거움을 포기하신 것이다.

　우리나라 사람들은 신발을 신고 실내로 들어오면 질색을 한다. 신발창에 묻은 흙의 세균과 가래침이 더럽기 때문이다. 그러나 개가 산책 후에 실내는 물론 침대까지 올라가도 무관심하다. 서양 사람들, 특히 미국 사람들은 실내에서도 신발을 신고 생활한다. 미국 서부개척 카우보이 시절에는 당연히 실내에서도 신을 신고 있었을 것이다. 잠도 신을 신고 자지 않았을까? 자다가 습격을 받으면 바로 뛰처나가야 하는 습관이, 아예 문화로 정착된 것 같다. 미국인들은 오히려 실내에서 신을 벗는 우리를 이상하게 쳐다본다. 더군다나 우리와 달리 대부분의 주택 실내 바닥에 카펫이 깔려 있다. 아무리 카펫 청소를 열심히 해도 흙먼지와 미생물이 카펫 사이사이에 쌓이게 될 것이다. 요사이 많은 미국인이 알레르기로 고생하다 보니 카펫 사용을 자제하는 추세라고는 한다.

　캐나다 밴쿠버 지역의 사람들이 실내에서 신발을 벗기 시작하였다. 밴쿠버에는 동양인 인구가 많다. 자연스럽게 많은 캐나다 백인들도 실내에서는 신발을 벗는 것이 위생적이라고 이해하기 시작한 것 같다. 생활의 지혜 면에서 보면 동양적인 것이 서구적인 것보다 낫다는 생각이 든다. 우리 조상들은 좀처럼 실내로 개를 들이지도 않았고, 개는 마당에서 키웠다. 서구인들이 위생을 생각해서 실내에서 신을 벗기 시작하였는데, 반면 우리는 거꾸로 위생상 문제가 많은 개들과 함께 실내 생활을 즐긴다. 기는 아기가 있는 집만이라도 실내에서 개와 같이 생활하지 않았으면 좋겠다.

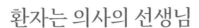

환자는 의사의 선생님

우리나라에서 에이즈^{AIDS, 후천성면역결핍증} 환자가 발견되기 시작할 때 일이다. 세브란스병원에서 에이즈 보균 산모가 출산을 하게 되었다. 우리나라는 미국에서는 흔한 에이즈 보균 산모가 출산하는 경우가 극히 드물었다. 처음 겪어 보는 에이즈 보균 산모 분만이라 분만실과 신생아실 전체가 발칵 뒤집혔다. 관련 논문을 찾아 의료진을 어떻게 에이즈 감염으로부터 보호할 수 있을까 고민하였다. 태어난 신생아를 목욕시키거나 수유할 때는 중무장을 하였다. 마치 요사이 코로나바이러스 감염 환자를 다루듯이 방호복을 입고 모자, 마스크, 손장갑을 끼고 조심스럽게 아기를 간호하였다.

미국에서 연수할 당시 우먼앤드인펀츠병원의 신생아실이 발칵 뒤집힌 적이 있다. 아시아계 산모가 B형 간염 보균 산모로 밝혀지고 출산을 하게 된 것이다. 미국에서는 B형 간염 보균자를 찾아보기 드물고, 더군다나 B형 간염 보균 산모는 더욱 희귀하였다. 미국 신생아실에서 우리나라에서 에이즈 보균 산모가 분만하던 때와 똑같은 상황이 벌어졌다. B형 간염 보균 산모로부터 신생아로 수직감염에 관련되는 문헌을 찾고, 신생아 간호 시에는 의료진을 보호하기 위하여 중무장하는 것을 보게 되었다.

당시 우리나라 산모 10명 중 1명이 B형 간염 보균자였다. B형 간염 보균 산모 분만이 너무 많다 보니 일상이 되었고, 분만된 신생아도 특별한 조처 없이 일반 신생아와 같이 간호를 시행하고 있었다. 반대로 미국에서는 에이즈 환자가 너무 많고 에이즈 보균 산모의 출산도 일상화되어서 에이즈 보균 산모 출산에는 특별한 조처를 하지 않고 있었다. 어느 나라 의료진이나 흔히 보는 질환에서는 평정심을 유지하며 일상적 진료를 하지만, 새로 접하는 감염성 질환에 대해서는 극도로 경계를 하는 동일한 모습을 보니 재미스럽기도 하고, 놀라운 광경이기도 했다.

미국에서 연수를 시작하고 얼마 후 윌리엄 오 교수가 나를 찾는다. 우먼앤드인펀츠병원의 전체 의료진이 참여하는 대집담회Grand Round에서 나도 주제를 정하여 발표하라는 것이다. 겁이 더럭 나고 어안이 벙벙하여졌다. 한 시간짜리 강의를 그것도 영어로 하여야 한다. 기대하지도 못하던 대집담회에 설 기회를 나에게 준 것 자체가 큰 영광이다. 그러나 동물실험하랴 회진 따라 돌랴 정신이 없이 돌아가던 시기라 나에게는 엄청난 부담이었다.

어떤 강의 주제를 정할까? 고민하던 중 우먼앤드인펀츠병원 신생아실이 발칵 뒤집혔던 B형 간염 보균 산모 출산이 떠올랐다. 우리나라에서는 일상적인 일이라, 평소 우리 병원에서 B형 간염 보균 산모에서 태어난 신생아의 감염에 관한 연구논문을 여러 번 발표한 적이 있다. 대집담회 발표 주제를 '분만을 통한 B형 간염 바이러스의 신생아 수직감염'이라고 정하였다.

병원 도서관에 가서 관련 논문을 다시 찾아 강의 슬라이드를 만들었다. 그리고 1시간짜리 영어 강의 발표 내용을 모두 A4 용지에 써 내려갔다. 대집담회 전날에는 불안을 떨치지 못하고 영어 원고를 외우다시피 반복하고 있었다. 반복하여 소리 내어 읽고 있던 중, 영어에서 악센트를 잘못 넣으면 미국인들이 잘 알아듣지 못한다는 생각이 퍼뜩 떠올랐다. 그때부터 사전을 찾아가며 단어마다 전부 악센트를 표기하였다.

대집담회 강의 날 강단에 서니 맨 앞줄에 브라운대학 부속병원인 로드아일랜드병원Rhode Island Hospital의 조지 피터Georges Peter 교수가 앉아 있는 것이 아닌가. 피터 교수는 모든 미국 소아과 의사들이 필수로 사용하는 감염과 예방접종 지침 교과서인 《Red Book》의 편집장이다. 미국 소아감염학의 대가인 것이다. 우먼앤드인펀츠병원의 대집담회는 브라운대학 소속 모든 부속병원이 공유하고 있다는 것을 그때서야 알았다. 그야말로 공자 앞에서 문자 쓰는 심정으로 강의를 시작하였다.

강단에서 내려오니 피터 교수가 다가와 다정하게 악수를 청한다. 그리고 딱 한마디 했다.

"당신의 강의가 학문적으로 대단한 강의였습니다.You are so scholastic."

나는 아직도 그의 이 한마디 말을 잊지 못하고 있다. 대집담회 이후 병원 식구들의 나에 대한 태도가 180도 달라졌다. 복도를 지나가도 아는 척하는 사람이 없었고, 병원 식당에 가도 합석하자는 사람이 없었다. 그런데 대집담회 발표 후 지나치는 많은 의사, 간호사들이 반갑게 인사를 한다. 우먼앤드인펀츠병원에는 윌리엄 오 교수 초청으로 외국의 수많은 소아과 의사들이 연수를 다녀간다. 연수 외국인 의사가 너무 많아 일일이 아는 척도 할 수 없었을 것이다. 사실 영어를 모국어처럼 하기가 쉽지 않다. 영어가 잘 들리지 않으니 들릴 때도 미소 짓고, 안 들릴 때도 미소만 짓고 다녔으니 더욱 아는 척하기가 거북스러웠을 것이다. 안에 있는 지식도 말을 해야 알지, 말하지 않으면 아무도 모르는 것이다. 대집담회가 나의 존재를 알리는 기회가 되었다. 힘들고 어려웠지만 귀한 기회를 준 윌리엄 오 교수에 대한 감사가 절로 나왔다.

어떤 질병이든지 그 질병을 많이 다루어 본 의사가 명의이다. 미국에서는 위암이 매우 드문 암이다. 위암은 우리나라에서 가장 흔한 암이기 때문에 위암에 관한 세계적 명의들이 미국보다 우리나라에 많다. 환자 경험이 명의를 만들어 낸다. 에이즈 보균 산모나 B형 간염 보균 산모들이 한국과 미국 신생아 의료진을 공부시켰다. 확실히 의사의 선생님은 환자이다.

아기 분유 온도는 엄마의 체온

점심시간이 끝날 때쯤 시내를 걷다 보면 거의 모든 회사원의 손에 일회용 플라스틱 커피 용기가 들려져 있다. 저 많은 플라스틱 컵들이 일으킬 환경오염을 걱정하다가 문득 컵 안에 있는 얼음들을 발견하였다. 계절 불문하고 추운 겨울에도 아이스 아메리카노가 대부분이다. 커피 향을 느끼려면 따뜻한 커피가 제격일 것 같은 생각이 든다. 뜨거운 커피는 손으로 들기에 어려워서일까? 왜 겨울에도 아이스커피를 마시는지 이유를 잘 모르겠다. 얼음으로 잔을 채우고 나면 마실 커피 양도 조금일 터인데.

의료재단에서 같이 일하는 동료 의사 중에 커피 전문가 한 분이 있다. 우리나라 커피 개발 역사에 한 부분을 차지하는 1세대 커피 전문가이다. 중남미 커피 농장에 가서 직접 고른 새로운 커피 원두를 국내에 소개하기도 하고, 직접 커피 원두를 볶는 연구소도 운영한다. 집에 사용하는 커피머신이 고장이 나서 새로 구입할 커피머신 추천을 부탁하였다. 네덜란드에서 만든 수제 커피머신을 추천한다. 커피의 생명은 커피를 추출하는 물의 온도로서, 90도가 가장 좋다고 한다. 네덜란드산 커피머신이 가장 충실하게 커피 추출 물의 온도를 90도로 지킨다는 것이 추천 이유였다. 제주 여행 중에 커피 박물관을 들렀더니 커피머신 중에 유일하게 네덜란드산 수제 커피머신이 전시된 것을 보고 좋은 기계임을 확인하였다. 역시 커피의 참맛을 느끼려면 아이스 아메리카노보다는 따뜻한 커피다.

신생아에게 분유 수유를 할 때 우유 온도에 대하여 여러 가지 주장들이 있었다. 한때는 장 건강에 좋다고 찬 우유를 먹이는 것이 유행한 적도 있었다. 찬 우유, 미지근한 우유, 따끈한 우유 등 어떤 온도가 좋은지 어머니들은 혼란스럽다. 우유가 잘 소화되는지 여부는 아기 기저귀를 갈아 주는 어머니가 제일 잘 안다. 하루 종일 보는 변의 횟수, 변의 물기, 변 색깔 그리고 냄새 등으로 어머니는 정확하게 아기의 소화 상태를 알아낸다.

요사이 우리 사회는 'Natural', 즉 자연으로 회귀가 중요 화두이다. 많은 상품명에 'Natural', 'Nature' 등이 붙는다. 먹음직스럽고 예뻐 보일수록 가공을 많이 하여야 한다. 환경과 건강을 생각한다면 불편하고 보기가 좋지 않더라도 가공을 거치지 않은 자연 친화적 유기농 제품을 찾게 된다. 아기에게 가장 자연 친화적 온도는 엄마의 체온이다. 어려운 이론이나 과학적 실험을 이야기할 필요도 없다. 단순하면서도 논리적으로 생각을 해 보면, 단연 엄마의 체온과 같은 우유 온도가 아기에게 가장 좋을 것이다.

아직도 찬 우유가 아기의 장을 건강하게 만든다고 믿는 어머니들이 있다. 찬 우유가 잔병치레를 적게 한다고 굳게 믿어서 냉장고에서 꺼낸 우유를 바로 먹이기도 한다. 의학적으로 근거가 없는 이야기이다. 찬 우유는 아기 몸에서 열량을 빼앗아 간다. 위에 들어간 찬 분유가 체온을 떨어뜨리기 때문이다. 우유를 먹이는 목적 중의 하나가 몸에 필요한 에너지, 즉 열량을 공급하기 위한 것이다. 찬 우유를 삼킨 후에 체온을 상승시키려면 오히려 몸의 열을 사용하여야 한다.

중국의 열차 안에서 일어난 사건이다. 역무원의 눈에 여자 승객이 아기에게 찬 우유를 먹이는 것이 눈에 띄었다. 역무원은 여자 승객이 진짜 엄마가 아니라는 의심이 생겼다. 주위에서 따듯한 물을 얻을 수 있었는데도 불구하고 찬 우유를 먹인다. 대부분의 어머니들이 아기와 함께 여행할 때 챙겨 다니는 기본 물품들도 보이지 않는다. 여러 질문 끝에 아기를 유괴하여 인신매매하려던 범인인 것이 발각되었다. 역무원의 슬기로운 의심으로 아기는 무사히 어머니 품으로 돌아갔다고 한다.

요사이 친구들을 식당에서 만나면 나이가 들어서인지, 으레 제공하는 찬물이나 얼음물보다 따듯한 물을 자주 주문한다. 신생아와 노인들은 체온과 같은 온도의 따듯한 우유나 물을 좋아하고, 젊은이들은 얼음이 들어간 냉수와 아이스커피를 즐긴다. 젊은이들이 따듯한 커피를 주문하면 동료들로부터 나이 든 사람으로 취급받을까 염려가 되는 모양이다. 자연으로 돌아갑시다! 신생아 우유는 물론이고, 커피 그리고 식사 후 마시는 물들도 어릴 때부터 익숙한 엄마의 체온과 같은 따듯한 것이 가장 자연 친화적인 온도라고 생각된다.

우유는 송아지,
모유는 아기를 위한 것

"이번 중간시험에 모유수유의 장점을 출제합니다."

나의 의과대학 소아과학 강의 중에는 모유수유에 대한 내용이 포함된다. 의학적인 모유의 장점도 설명하지만 모유의 사회학적 장점에 대한 내용을 먼저 이야기한다.

분유를 먹는 아기가 여행하려면 준비물이 여러 가지이다. 준비물 중 많은 부분이 분유 수유를 위한 물품들이다. 생수, 젖병, 젖꼭지, 분유통, 그리고 분유 물을 끓일 열탕기 등등 정말 아기 크기의 몇 배 크기 짐이 필요하다. 반대로 모유수유하는 아기는 어떤가? 모유는 24시간 항상 준비되어 있다. 어머니는 아기 곁에 있기 때문에 어느 때건 아기가 젖을 달라고 하면 바로 모유를 먹일 수 있다. 아기와 함께하는 여행이 번거롭지 않고 즐겁다. 모유 온도는 엄마의 체온으로 일정하게 유지되기 때문에 열탕기를 사용할 필요도 없다. 절차가 복잡한 젖병 소독 같은 일도 생략된다. 분유를 구매하거나 생수를 구매할 이유가 없기 때문에 경제적이다. 그리고 모유수유는 어머니가 아기 건강을 위하여 해줄 수 있는 사랑의 행위이며, 아버지나 그 누구도 대신할 수 없는 엄마만의 특권이다.

학생 강의 중에 모유수유의 장점을 중간시험에 출제하겠다고 예고한다. 예비 아버지 어머니인 학생들 눈에 긴장감이 돌면서 열심히 필기한다.

교수들은 학생들을 어떻게 강의에 집중시킬까 하고 많이 고민한다. 과거와 달리 의과대학 강의시간에도 잠을 청하는 학생들이 많다. 중고등학교 때부터 학교 수업을 하는 낮에는 잠을 자고, 방과 후에는 깨어서 학원 수업을 듣는 것이 습관이 되어서일까? 오랫동안 시행된 학원 평준화가 공부 잘하는 학생에게나 못하는 학생에게나, 모든 학생에게 학교 수업에 집중하지 못하게 만든 원인 중 하나라는 생각이 든다.

꼭 알아야 할 중요한 사항들은 시험 출제를 한다고 예고를 하면 졸다가도 귀가 번쩍 뜨이는 모양이다. 교수에게는 강의에 집중하게 만드는 좋은 강의법이고, 학생들에게는 꼭 알아야 할 사항을 알려 주는 일석이조의 효과가 있다.

모유의 의학적 장점은 학생들이 외우기가 어려울 만큼 매우 많다. 아기에게 모유는 영양학적으로 완벽한 식품이며 최고의 영양 공급원이다. 분만 후 6개월까지 모유에는 충분한 양의 단백질, 지방, 탄수화물, 무기질이 들어 있다. 모유는 우유와 달리 체내 흡수율이 높아서 칼슘이나 철분 흡수가 우유보다 훨씬 잘 된다.

모유는 어머니 체내에서 바로 나오기 때문에 세균 오염의 우려가 없다. 모유에 함유된 면역물질은 아기를 질병으로부터 보호해 준다. 모유의 면역물질이 장 점막에 붙으면, 다양한 병원

모유가 면역력을 길러 준대요

성 세균이 장에 침입하는 것을 막아 준다. 모유는 알레르기 예방에도 큰 효과가 있다. 모유에는 없고 우유에만 포함된 단백질인 락토글로불린이 알레르기를 일으킨다. 모유수유 아기에게서는 우유 먹는 아이들보다 비염, 천식, 아토피 같은 알레르기 질환이 적게 발생한다. 모유를 먹으면서 엄마 가슴과 밀착하다 보면, 태아 때 듣던 익숙한 엄마의 심장박동을 느끼면서 심리적 안정도 가진다.

모유수유는 어머니의 정서에도 많은 도움을 준다. 모유수유 동안 스트레스 호르몬이 감소하고, 옥시토신이라는 호르몬이 분비되어 통증을 감소시킨다. 옥시토신은 모유를 잘 나오게 할 뿐 아니라 자궁 수축을 촉진하여 자궁 출혈도 줄여 준다. 여성 호르몬인 에스트로겐 수치가 내려가서 유방암과 난소암에 걸릴 확률도 낮아진다.

WHO와 유니세프는 〈분유 마케팅이 신생아 모유수유 결정에 끼친 영향〉이라는 제목의 보고서를 공동 발간하면서 "분유 회사들이 550억 달러를 쏟아부은 공격적인 마케팅으로 모유수유가 방해를 받고 있다"고 밝혔다. 분유업체들이 전 세계에서 공세적인 온라인 마케팅과 공짜 선물 등 각종 판촉행사를 펼치면서 부모들과 보건의료진을 오도해 모유 대신 분유를 먹이도록 한다는 것이다.

보고서는 "업체들의 이 같은 행동은 산모와 아기들을 식품업체들의 공격적 마케팅에서 보호하자는 취지에서 1981년 제정된 국제 분유 판매 규정을 위반한 것"이라고도 했다. 분유회사들의 공세적 마케팅 중에는 근거 없는 낭설들도 있다고 지적했다. 낭설의 내용은 '출산 후 초기에는 분유를 먹여야 한다', '분유의 특정 성분은 아이 발달이나 면역에 좋다', '분유를 먹여야 발육 상태가 좋아진다', '모유는 시간이 갈수록 질이 떨어진다' 등이다.

유니세프는 보고서 말미에서 "분유에 대한 낭설과 오해는 엄마와 아기의 건강 모두에 가장 좋은 모유수유를 막는 중대한 장벽"이라고 말했다. 또 "모유는 아이에게 태어나서 처음 맞는 백신 역할을 하여, 많은 질병에 대한 저항력을 갖게 한다. 젖을 먹이는 엄마는 당뇨, 비만과 각종 암 발병 위험이 줄어든다"라고 했다.

출산 후에 고통스러운 과정을 거치면서도 꼭 모유를 먹여야 하는 의학적 이유는 분명하다. 아기에게 어떤 음식과도 대체할 수 없는 완벽한 식사가 된다. 모유수유는 아기뿐 아니라 엄마의 건강을 위해서도 좋다. 모유에 관한 연구는 아직도 진행 중이며 신비한 모유의 비밀이 아직 다 밝혀지지도 않았다.

모유의 장점은 셀 수 없이 많으나 분유의 장점은 별로 얘기할 것이 없다. 어린 생명을 위한 필수 음식이지만, 단백질 성분상 모유와는 분명한 차이가 있다. 모유에는 없고 우유에만 있는 이종 단백질 때문에 우유를 잘 소화 못 시키는 아기가 있을 수도 있고, 알레르기가 생길 가능성도 높다.

대부분의 어머니는 강한 의지만 있으면 모유수유를 할 수 있을 것이다. 모유는 아기를 위한 것이고, 우유는 송아지를 위한 것이다.

이유식은 숟가락 연습부터

"이유식을 시작했나요?"

"네, 벌써 두 달 전부터 이유식을 먹이고 있어요."

소아과 진찰실에서 7개월 된 아기 어머니와 나눈 대화이다. 자세하게 물어보니 아직 이유식을 시작하였다고 볼 수가 없었다. 우유병으로 분유를 먹이고 있었던 것이다. 단지 분유 이름에 '이유'라는 글자가 들어가 있어 이유식을 하고 있다고 착각한 것이다. 이렇게 우유병을 사용하여 분유를 먹이면서 이유식을 시작하였다고 착각하는 어머니들이 꽤 많다.

'젖 먹던 힘까지'라는 말은 무척 힘들었던 일을 하였을 때 사용하는 말이다. 신생아가 젖을 빠는 힘은 엄청나다. 손가락을 신생아 입안에 넣고 그 빠는 힘을 느껴 보면, 상상했던 것보다 빠는 강도가 훨씬 높아서 놀랄 것이다. 하루 종일 잠만 자는 신생아는 근육운동을 거의 하지 않는다. 모유에서 얻은 열량은 심장이 뛰고 장이 조금씩 움직이는 데 사용하지만, 이렇게 사용하는 열량은 얼마 되지 않는다. 젖 먹어서 얻은 대부분의 열량을 젖 빠는 데 사용한다. 그만큼 신생아에게는 젖을 빠는 것이 중노동이다.

태어나서 바로 우유병을 빨아 본 아기는 좀처럼 힘든 엄마 젖꼭지를 빨려 하지 않는다. 우유병의 꼭지를 빠는 것이 어머니 젖꼭지를 빠는 것보다 훨씬 수월하기 때문이다. 모유수유에 실패하는 원인 중의 하나가, 너무 쉽게 그리고 생각 없이 우유병을 물렸기 때문일 때도 있다. 한 번이라도 우유병을 통해서 분유를 쉽게 빨아 본 아기는, 힘들게 빨리는 모유에 짜증을 낸다. 모유를 조금 빨다가 힘이 드니까 젖 빨기를 포기하여 버린다. 이때 어머니는 모유만으로는 수유량이 부족할까 걱정되어, 안쓰러운 마음에 우유병을 물려 버린다.

이유식離乳食의 뜻을 풀어 보면 '떼어놓을 이離', '젖 유乳', '밥 식食'이다. 엄마 젖을 떼는 식사라는 뜻이다. '빨던' 모유에서 '씹는' 어른 식사로 변화하는 중간 단계, 즉 이행기 또는 과도기라고 이해하면 된다. 어른 식사의 필수품은 숟가락이다. 빠는 젖꼭지에서 떠먹는 숟가락으로 바뀌는 과정이다. 숟가락으로 떠먹이지 않으면 이유식이 아니다. 숟가락 훈련에 실패하여 3~4세가 되어서도 걸어 다니면서 젖병을 빠는 아기를 간혹 보기도 한다.

이유식은 6개월부터 시작하는 것이 좋다. '빨리빨리'가 이유식에서는 통하지 않는다. 숟가락 사용부터 '차근차근'이 필요하다. 아기는 맛을 아직 잘 모른다. 단맛, 짠맛같이 자극적인 것을 좋아하지도 않는다. 성격이 급한 어머니일수록 이유식을 시작할 때 실패할 가능성이 높다. 아기에게 좋은 것을 먹이려는 욕심이 앞서다 보니, 각양각색의 음식을 하루빨리 먹이고 싶어진다. 이유식을 시작하는 시기도 하루라도 앞당겨서 시작하고 싶다. 쑥쑥 자라서 빨리빨리 걸었으면 좋겠다. 그래서 처음부터 아기에게는 거의 짬뽕이나 비빔밥 수준인 이유식을 만든다.

이유식 만들 때 주의할 것은 아기에게 음식 알레르기가 나타날 수도 있다는 것이다. 여러 가지 음식을 섞어 이유식을 만들다 보면 어느 음식이 알레르기를 일으키는지 알기 어려울 때가 있다. 이유식을 처음 시작할 때는 한 가지씩 차례차례로 추가하여야 한다. 아기의 위나 장 같은 소화기관이 새로운 음식을 받아들이려면 준비기간이 필요하다. 새로운 음식은 1~2주의 간격을 두고 추가하여야 한다. 아기의 소화기관에서 새로운 음식에 대해 적응할 수 있는 기간을 두어야 하고 알레르기 여부도 관찰할 시간이 필요하다.

이유식을 잘 받아 먹으면 엄마는 생우유를 먹이고 싶은 유혹에 빠진다. 생우유는 돌 전의 아기에게는 적절하지 않다. 생우유는 철분과 비타민 D가 부족하여 빈혈을 일으킬 수 있으며, 생우유에 있는 단백질이 알레르기를 일으키기도 쉽다.

우리는 숟가락을 단순히 음식을 먹는 도구만으로 취급하지 않는다. 숟가락은 생명을 상징한다. 죽음을 표현할 때 '밥숟가락을 놓았다'라고 한다. 혼인 때 신부는 신랑 수저를 준비하면서, 시댁 어른들께도 은수저를 해 드린다. 우리 조상들은 숟가락을 생명, 건강, 그리고 복을 상징하는 것으로 여겨 왔다. 아기가 태어나면 주위에서 축하선물을 준비한다. 출생 후 당장 필요한 선물들도 좋지만, 5~6개월 후에 시작할 이유식을 위하여 숟가락을 선물하자. 아기 부모에게는 다른 어느 선물보다 특별하고 기억에 남는 선물이 될 것이다.

인생에서 처음 만나는 고난

요사이 부고를 받다 보면 100세까지 장수하신 분들의 부고가 놀라운 일이 아니다. 우리나라 통계청이 발표한 한국인의 기대수명은 83.5세이다. 기대수명이란 출생한 신생아가 앞으로 생존할 것으로 기대되는 평균 나이를 말한다. 일본인의 기대수명이 84.4세로 세계에서 가장 최장수 국가이다. 《동의보감》을 집필한 허준의 시대에 조선 사람 평균수명이 30대였다. 조선의 왕들의 평균수명은 46세였다. 21대 영조가 가장 장수하여 82세까지 생존하였다.

과거 조선시대 가장 흔한 사망 원인이 전염병이라고 추측된다. 1895년 당시 조선의 수도 한성의 인구가 22만 명이었는데 호열자라고 부르는 콜레라가 유행하여 한성에서만 5천 명이 사망하였다. 당시에는 세균에 대한 존재도 모르던 시기였기에, 콜레라는 쥐 귀신에 의하여 전염된다고 믿고 있었다. 옆집의 친구나 가족들이 콜레라로 죽어 나가자 모든 이들이 극도의 공포심에 휩싸이게 된다. 겁에 질린 사람들은 쥐 귀신으로부터 콜레라 감염을 피하기 위하여 집집이 문 앞에 고양이 그림 부적을 붙여 놓기도 하였다.

14세기 유럽 인구의 거의 3분의 1이 페스트 흑사병으로 사망하였다. 하나의 마을 전체가 흑사병으로 없어지기도 하였다. 당시 7천만 명이던 유럽 인구가 5천만 명으로 감소하였다. 최근에는 의학 발달과 사회 위생의 개선 그리고 충분한 영양공급으로 평균수명은 계속 증가한다. 평균수명이 낮아지는 예는 세계적으로 찾아볼 수가 없었다. 그러나 2020년 코로나 대유행 이후 영국의 평균수명이 80세로 그 전년보다 한 살 감소하였다 한다. 암이나 성인병보다도 전염병은 인간 평균수명 연장의 가장 커다란 걸림돌이다.

인류 역사상 인간의 평균수명을 30세에서 80세까지 연장시키도록 가장 크게 기여한 것이 바로 의학의 발전이다. 전염병을 일으키는 두 주범이 세균이라 부르는 박테리아와 바이러스이다. 푸른곰팡이에서 페니실린이 발견된 이래 많은 항생제가 개발되어 박테리아와의 전쟁에서 인류는 큰 승리를 거두었다. 항생제는 박테리아를 싸고 있는 세포막을 와해시켜 세균이 살 수 없도록 만들어 죽여 버린다. 항생제의 발견으로 현대사회에서는 세균에 의하여 과거처럼 많은 인명이 사망하는 일은 일어나지 않는다.

박테리아와 달리, 인류는 바이러스와의 전쟁에서 바이러스를 죽이는 무기를 갖고 있지 않다. 독감 바이러스, 에이즈 바이러스, 그리고 코로나 바이러스 등 모든 바이러스는 세균과 달리 세포막이 없기 때문에 항생제를 투여하여도 죽지 않는다. 바이러스 치료제라고 불리는 약들은 바이러스를 죽이지 못하고 증식만을 억제한다. 그래서 바이러스가 원인인 감기도 '약을 먹으면 일주일, 약을 먹지 않으면 7일 동안 아프다'는 우스갯소리를 하는 것이다. 감기 바이러스를 죽일 약은 없기 때문이다.

항생제와 함께 인류의 평균수명을 연장시키는 또 다른 공헌은 마취제의 사용이다. 마취제 개발은 통증 없는 수술 시대를 열었다. 항생제의 발견, 마취의 발달, 그리고 예방접종이 100세 시대를 가능하게 하였다. 그중에서도 인류의 수명 연장에 가장 큰 공헌을 한 것이 예방접종의 발견이다.

아기들이 태어나자마자 인생의 첫출발에서 경험하는 아픔이 예방접종 주삿바늘이다. 생애 첫 예방접종의 시작은 B형 간염 예방접종이다. 첫 예방접종에서부터 백세 장수의 소망은 시작된다.

    지인의 딸이 미국 대학에 입학하게 되었다. 얼마 후 미국 대학 기숙사에서 태어날 때부터 지금까지의 모든 예방접종 기록을 요구한다며 소아과 의사인 나를 찾아왔다. 대학 기숙사는 공동생활 장소이다. 기숙사를 이용하는 학생 모두를 전염병으로부터 보호하기 위하여 예방접종 기록을 가져오라는 것이다. 기본접종은 물론 부스터 샷까지 모든 예방접종 기록을 요구하였다.

    특히 강조하는 것이 풍진 예방접종 기록이었다. 가임연령 여성은 풍진 바이러스에 대한 항체를 가지고 있어야 한다. 만일 항체가 없이 임신이 되고 풍진 바이러스에 감염된다면 태아가 기형으로 태어날 수도 있기 때문이다. 대학교 기숙사에는 모든 여학생이 가임연령에 있기 때문에, 풍진 예방접종을 포함한 모든 예방접종 기록을 요구하는 이유가 충분하게 이해되었다.

    인류는 수십 년의 소아 예방접종에 관한 추적연구 자료를 가지고 있다. 어머니가 가진 항체가 태어난 아기에게 얼마나 많이 넘어가는지, 그리고 넘어간 항체가 아기 몸에서 어느 기간 지속되는지까지도 잘 밝혀져 있다. 심지어는 어머니가 실제 병을 앓고 얻은 항체가 어머니가 예방접종으로 얻은 항체보다 더 강력하여, 아기를 전염병에서 보다 더 잘 지켜 준다는 결과까지도 가지고 있다.

신생아는 출생 시에 B형 간염 예방접종을 시작으로 한 달 내에 BCG 접종까지 하여야 한다. 돌 전까지 B형 간염과 BCG 접종을 포함하여 모두 여섯 종류의 국가가 정한 기본 예방접종을 맞게 된다. 돌이 지나면 홍역 예방접종을 포함한 다른 여러 종류의 접종이 시작된다. 돌 전의 여섯 가지 기본 예방접종 중에서 결핵 예방접종인 BCG만 1회 기본접종으로 끝난다. 나머지 다섯 가지 접종 모두 기본접종을 완결하려면 세 번씩 예방주사

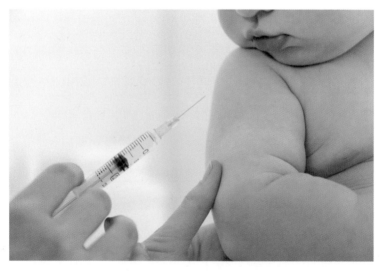

평생 건강을 위해서 예방주사는 필수래요

를 맞아야 한다. 합산하여 보면 돌 전에 무려 열여섯 번의 예방 접종이 필요하다. 한 달에 한 번 또는 두 번 소아과를 방문하여야 한다. 이렇게 복잡한 접종을 하다 보니 보호자가 접종 시기를 놓칠 수도 있다.

이사를 하다 보면 여러 소아과에서 예방접종을 하게 된다. 예방접종 수첩도 유치원 전까지는 잘 보관하다가 중고등학생쯤 되면 분실하기도 한다. 미국 대학뿐만 아니라 우리나라 대학 기숙사도 아기일 때부터 예방접종 기록을 요구한다. 그래서 예방접종 수첩을 잘 간수하여야 한다.

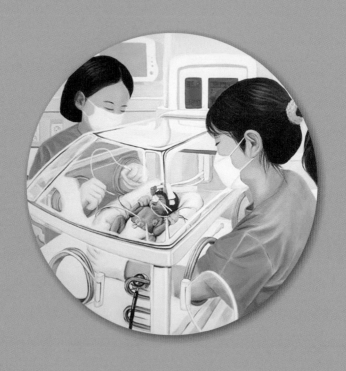

PART *3*

당신은 사랑받기 위해 태어난 사람

너희도 어서 커서, 우리와 함께
홈커밍데이에서 졸업생으로 만나자.

신생아 연구를 지원한
케네디 대통령

1963년 8월 7일, 케네디 대통령의 부인 재클린은 케이프 코드의 케네디가 별장이 있는 스퀴 섬에서 5살의 캐롤라인, 2살의 존 주니어와 여름휴가를 즐기고 있었다. 캐롤라인과 존의 승마 훈련을 마치고 돌아오던 중에, 임신 말기의 재클린에게 허리와 위의 통증이 찾아온다. 조기 진통이 시작되어 헬리콥터로 근처 오티스 공군기지 병원으로 후송되었다.

재클린은 1955년에 이미 첫 유산을 경험하였고 두 번째 임신은 사산이었다. 세 번째 캐롤라인과 네 번째 존, 그리고 이번 임신이 다섯 번째 임신이었다. 이미 두 번의 분만 실패로 인하여, 태어날 아기인 패트릭에 대한 걱정이 매우 컸다. 재클린은 오티스 공군기지로 가는 헬리콥터 안에서 산부인과 주치의 웰시 박사에게, "이 헬리콥터가 늦지 않게 병원에 도착하도록 해주세요. 나는 이 아기에게 어떤 일도 일어나기를 원치 않아요. 이 아기가 사산으로 태어나는 일은 절대 일어나지 않게 해주세요"라고 말했다. 웰시 박사는 "네, 우리는 기지 병원에 도착할 때까지 충분한 시간이 있습니다"라고 안심을 시켰다.

오후 12시 52분에 오티스 공군기지에서 제왕절개로 패트릭이 태어났다. 임신 34주 만에 태어난 미숙아로 몸무게가 2.1kg의 저체중아였다. 백악관에서 이 소식을 들은 케네디 대통령은 소식을 접한 지 27분 만에 대통령 전용 헬리콥터로 이륙한 후, 앤드루 공군기지를 거쳐, 분만 40분 만에 오티스 공군기지에 도착하였다. 정신박약아인 여동생 로즈메리를 둔 대통령은 웰시 박사에게 아기가 정신박약아가 될 가능성이 있는지를 먼저 묻는다. 웰시 박사는 대통령에게, "패트릭의 폐가 유리와 같은 막으로 싸이는 유리질막증hyaline membrane disease이 나타났습니다. 미숙아에게 흔히 발생하며 폐에서 산소를 받아들이지 못하게 하는 병이지요. 따뜻한 인큐베이터에서 적절한 간호를 하며 치료하면, 대개 생후 48시간만 지나게 되면 생존 가능성이 커집니다"라는 보고를 한다.

이때 호출을 받은 하버드 의대 소아과 의사 제임스 드로르보James Drorbaugh가 오티스 공군기지로 도착한다. 그는 패트릭의 상태를 확인 후에 아기를 보스턴 아동병원Boston Children's Hospital으로 이송하기로 결정한다. 이때 케네디 대통령은 패트릭을 이송하지 말고 치료장비를 보스턴에서 오티스 기지 병원으로 옮겨달라고 요청한다. 제임스 드로르보는 치료장치의 이송이 불가능한 이유를 설명하고 이해를 구한다.

이송 전에 패트릭은 인큐베이터 내에서 재클린과 10여 분간의 마지막 만남을 가졌다. 재클린은 인큐베이터 안으로 손을 넣어 작은 아기의 갈색 부드러운 머리카락을 잠시 쓰다듬는다. 이것이 재클린과 패트릭의 마지막 이별 장면이었다. 보스턴 아동병원으로 이송된 패트릭의 호흡은 점점 가빠지고 더욱 힘들어했다. 그러나 그 당시 보스턴 아동병원에는 신생아집중치료실이 존재하지 않았다.

재클린을 위로하기 위하여 오티스 기지 병원에 같이 있던 대통령도 다음 날 보스턴 아동병원에 도착하였다. 패트릭의 호흡은 점점 더 거칠어지고 피부는 청색으로 바뀌어 갔다. 소아심장과 책임자 알렉산더 네이더스Alexander S. Nadas 박사 등이 의논하여 고압산소치료를 시도하기로 한다. 고농도 산소에 의한 실명 위험에도 불구하고 패트릭을 길이가 10m나 되는 거대한 고압산소치료실hyperbaric chamber로 옮긴다. 당시 미국 소아과에는 미숙아 치료 전문 소아과 의사 제도가 없어, 보스턴 아동병원에서도 소아심장과 의료진이 주치의를 맡았다.

버나드 소아심장수술과장이 챔버 안에서 점점 파랗게 질려 가는 패트릭을 보면서 대통령에게 "우리는 아기를 잃고 있습니다"라고 보고한다. 그때 대통령도 챔버 창을 통하여 죽어 가는 패트릭을 보고 있었다. 결국 패트릭은 1963년 8월 9일 생후 39시간 만에 사망하였다. 보좌관들의 보고에 의하면, 병실로 돌아온 대통령은 그때까지 침착하고 흐트러짐을 보이지 않았지만, 혼자가 되자 참고 있던 눈물을 흐느끼며 쏟았다고 한다.

백악관으로 돌아온 케네디 대통령은 수개월 후 미숙아 연구를 지원하기 위한 행동을 취한다. NICHD National Institute of Child Health and Human Development를 통하여 2억 5천만 달러를 신생아학 연구를 위하여 지원하는 법안을 승인한다. 이 거대한 연구비 혜택으로 그 후 수십 년간 미숙아 연구는 획기적인 발전을 거듭했다. 이에 따라 신생아를 연구하고 치료하는 '신생아학 neonatology'이 태어나게 되었다. 막대한 연구비가 지원됨에 따라, 매년 지구상의 수백만 명의 신생아들이 목숨을 구한다.

미숙아의 가장 큰 사망 원인인 유리질막증은 폐 표면활성제 생성이 부족하여 발생한다는 것을 밝혀내었다. 병명도 유리질막증에서 신생아 호흡곤란증후군 neonatal respiratory distress syndrome 으로 변경되었다. 신생아용 감시장치와 첨단 인큐베이터, 미숙아용 인공호흡기 등이 개발되고 개량되었다. 신생아 치료 전문 간호사 제도도 시작되었다.

정부의 저출산 해결을 위한 예산은 신생아 생존율을 높이기 위한 연구 지원이나 모자 전문병원 설립 등 인프라를 지원하는 데 쓰여야 한다. 지금 우리 정부의 저출산 대책처럼 포퓰리즘적 퍼주기식 지원으로는 밑 빠진 독에 물 붓기이다. 절대로 저출산 문제 해결에 효과를 얻지 못할 것이다.

패트릭의 사망 17년 후인 1980년, 미숙아 치료는 또 다른 획기적인 전환점을 맞이하게 된다. 일본의 후지와라 교수에 의하여 신생아 호흡곤란증후군 치료제가 개발된 것이다. 치료제는 소의 폐에서 추출한 생물학적 폐 표면활성제로서, 지금 패트릭이 태어났다면 95% 이상의 생존 가능성이 있었을 것이다.

패트릭의 비극적 사망은 케네디 대통령 부부에게 큰 고난이었지만, 신생아학이 발전하여 세계적으로 수많은 신생아와 미숙아를 살리는 계기가 되었다. 2013년 7월 29일 〈뉴욕타임스〉는 패트릭 사망 50주년에 이러한 역사적 사실을 'A Kennedy Baby's Life and Death'라는 특집기사로 게재하였다.

수많은 미숙아를 살린
후지와라 교수

　신생아 호흡곤란증후군을 치료할 획기적인 약품이 일본인 신생아 의사에 의하여 개발되었다. 개발에 성공한 의사는 일본 모리오카시에 있는 이와테대학_{岩手大學}의 후지와라 교수이다. 후지와라 교수가 개발한 신약은 소 폐에서 추출한 폐 표면활성제 pulmonary surfactant이다. 미숙아의 폐에 흡입시키면 쪼그라져 있던 폐를 단숨에 활짝 펴게 하는 획기적인 신약이었다.

　미숙아 치료를 하다 보면 가장 흔한 사망 원인이 신생아 호흡곤란증후군이다. 태아일 때 폐는 온통 양수로 차 있으며, 호흡할 필요가 없으므로 완전히 쪼그라져 있다. 출생하자마자 첫울음과 함께 쪼그라져 있던 폐가 활짝 펴진다. 이때 폐를 활짝 펴게 돕는 물질이 폐 표면활성제이다. 미숙아의 폐는 폐 표면활성제를 충분히 만들어 낼 만큼 성숙하지 않아서 신생아 호흡곤란 증후군이 발생한다. 이때는 인공호흡기의 압력으로 쪼그라진 폐를 펴는 치료를 시작한다. 인공호흡기는 폐에서 폐 표면활성제가 충분히 만들어질 때까지 사용하게 된다.

미숙아가 일찍 태어날수록 인공호흡기 치료기간이 길어진다. 아주 작은 미숙아는 한 달 이상, 때로는 두 달까지도 호흡기 치료가 필요할 때가 있다. 성인의 인공호흡기 치료보다 미숙아에서 인공호흡기 치료가 훨씬 세심하고 까다롭다. 인공호흡기를 사용하려면 미숙아의 기관지에 삽관을 하게 된다. 아기가 작다 보니 폐에 삽입하는 삽관의 길이도 너무 짧아 조금만 아기를 움직이거나, 호흡기의 위치를 움직여도 기관지에 삽입한 관이 빠져 버린다. 기관지에 삽관한 관이 빠지지 않게 하기 위하여, 의사와 간호사들은 여간 조심스럽게 아기를 다루지 않는다.

후지와라 교수가 개발한 신약을 흡인시킨 후 흉부 X선 사진을 보면 그 변화가 놀랍다. 폐가 쪼그라져 공기가 없는 폐는 사진상으로 젖빛 유리처럼 뿌옇게 보인다. 미숙아의 폐에 폐 표면활성제를 흡입시키면 폐가 펴지고 공기가 들어간다. 젖빛 유리처럼 희게 보이던 폐가, 폐 표면활성제 투여로 폐가 펴지고 공기가 들어가면 즉시 검게 변한다. 폐 표면활성제가 폐를 활짝 펴 주기 때문에 인공호흡기 사용 치료기간을 획기적으로 감소시켜 준다. 폐 표면활성제 투여 당일에도 호흡기 치료를 중단할 때도 있다. 신생아 치료 의사들에게는 구세주와 같은 약이다.

폐 표면활성제 신약 개발로 후지와라 교수는 일약 세계적으로 유명한 소아과 의사이자 연구자가 되었다. 후지와라 교수의 폐 표면활성제가 개발된 후 일본 국내 및 세계에 수출된 약의 수량을 계산하여 볼 때 아마도 4백만 명 이상 미숙아의 생명을 살려 냈다고 추측이 된다.

후지와라 교수는 일본의 동경대학교 등 유수한 대학에서 모셔 가려고 하였으나 거절하였다. 그의 고향인 이와테현의 작은 도시 모리오카에 위치한 이와테대학에서 연구를 계속하기를 원하였다. 일본에서는 동경에 있는 대학들이 학문적 면에서 일본을 지배하고 있었고, 특히 동경대학의 교수 자리는 어느 교수나 원하는 자리다. 후지와라 교수는 동경대학의 요청을 거부하고 고향인 모리오카에서 연구와 진료를 계속하며 일생을 보내고 있다.

후지와라 교수는 우리나라를 사랑하는 지한파이다. 한국의 많은 신생아 전공 교수들을 일본 이와테대학에 연수도 시키고, 매년 한일 간 학술대회도 개최하여 주었다. 그는 일본 국민을 사랑하는 의사이자 애국자이기도 하다. 사석에서 한국의 온돌 시스템을 매우 부러워하였다. 일본의 북부 지방은 겨울에 대단히 춥다. 온돌이 없는 다다미방에서 생활을 하기 때문에 실내가 무척 서늘하다. 실내 난방은 고다츠라고 하는 탁자 밑에 부착된 작은 온열기와 온수를 넣은 물통이 전부이다. 고다츠가 부착된 탁자에 이불을 덮고 발들을 들여놓고 추위를 피한다. 추위로 인해 겨울철이면 많은 일본인이 뇌출혈로 사망하였다. 후지와라 교수는 일찍이 일본에 한국의 온돌 시스템이 도입되었으면 많은 일본인의 목숨을 살렸을 것이라고 아쉬워했다. 후지와라 교수와 대화를 하다 보면 온돌 이외에도 한국의 문화에 이해가 깊어 깜짝 놀랄 때가 많다.

후지와라 교수의 신약 개발에서 보듯이 신약 연구는 많은 생명을 구하고 인류의 수명을 연장시킨다. 우리나라는 과거에 공부 잘하는 사람들이 공과대학을 졸업하고 삼성전자, 현대자동차, 포항제철 등을 세계적 기업으로 키워 내었다. '공업 입국', '수출 한국'을 이루어 국부를 키우고 대한민국을 선진국 대열에 합류시켰다. 지금은 전국의 수능 상위자들이 의과대학을 지망한다. 이들이 의대를 졸업하고 '의료 입국'을 일으켜, 우리나라를 세계적 '바이오Bio 한국'으로 재도약시켰으면 좋겠다.

신약 개발로 미숙아 치료에 희망을

우리 선조들은 아기가 태어나면, 대문 앞에 검은 숯과 남아인 경우는 빨간 고추를, 여아인 경우는 솔잎을 새끼줄에 엮어 걸어 놓고 아기 출산을 알렸다. 이런 새끼줄이 보이면 그 집 출입을 삼가 신생아와 산모를 감염에서 보호하였으리라고 생각한다.

예전에는 '자식들은 반타작'이란 말이 있었다. 영아 사망률이 높아서 자녀를 10명쯤 낳아야 5명 정도 살아남는다는 경험에서 나온 말일 것이다. 아기 이름도 태어난 지 백일이 지나야 이름을 지었다. 백일 전에 아기들이 너무 많이 사망하였기 때문이다. 백일잔치는 백일이 지날 때까지 살아 있는 것을 축하하고, 백일 후에도 잘 성장하기를 바라는 기쁨과 소망의 잔치였다.

한 나라의 보건의료 수준을 가장 잘 나타내는 통계지표 두 가지가 있다. 평균수명과 영아사망률이다. 생후 1세 미만을 영아라고 부른다. 영아사망률이란 그해 태어난 신생아 천 명 중에서 돌 전에 사망한 아기의 수를 말한다. 평균수명에 가장 큰 영향을 미치는 지표도 영아사망률이다. 어찌 보면 평균수명보다 영아사망률이 더 중요한 지표가 될 수도 있다.

100년 전인 1920년 초 우리나라에서는 천 명의 신생아가 태어나면 돌 전에 250명이 사망하였다. 영아사망률이 250이었다. 조선시대로 거슬러 올라가면 영아사망률이 500 정도 되었으리라 추측된다. 옛 어른들이 즐겨 쓰던 '반타작'의 근거가 되는 사망률이다. 태어난 아기 1천 명의 절반인 500명이 돌 전에 사망한다는 뜻이다.

세계적으로 영아사망률이 가장 낮은 나라 중의 하나가 일본이다. 미국보다 훨씬 낮다. 최근인 2010년대 말 각국의 영아사망률을 보면 미국이 5.9, 한국이 2.8, 그리고 일본이 2.0이다. 일본의 신생아 치료 의학 수준이 세계 최고 수준이다.

과거 1993년 국가기관인 통계청이 공식적으로 발표한 최초의 대한민국 영아사망률은 9.9였다. 100년 전 우리나라 영아사망률 250에서, 30년 전에는 9.9, 최근에는 2.8로 급격하게 감소하였다. 북한의 영아사망률은 우리보다 6배 정도 높으리라고 추측된다. 우리나라 의료 발전과 경제 발전의 효과가 영아사망률의 극적인 감소에서도 잘 나타나고 있다.

영아사망률은 의료 이외에 국가의 사회적 환경도 큰 영향을 미친다. 의료 선진국인 미국의 영아사망률은 일본보다 높고, OECD 국가의 평균 영아사망률보다도 높다. 고위험 산모가 많기 때문이다. 고위험 산모란 35세 이상 고령 산모와 흡연, 마약 중독, 그리고 산모의 영양상태 등이 좋지 않아 태아의 건강에 나쁜 영향을 끼치는 환경에 노출된 산모를 말한다. 미국의 영아 사망률이 높은 원인은 백인과 흑인 간에 차이가 크고, 약물중독에 노출된 임산부들이 많기 때문이다. 고위험 산모는 미숙아 출산 가능성이 높아 영아사망률을 증가시킨다. 미국과 달리 우리나라나 일본은 여성이 임신하게 되면 온 가족이 사랑과 관심으로 돌본다. 미국, 일본, 우리나라의 신생아 치료 수준은 비슷하다. 그러나 한국이나 일본은 산모를 돌보는 전통적 사랑과 관심 그리고 사회적 여건이 미국보다 좋아서 영아사망률도 최저라고 생각된다.

돌 전에 사망하는 아기 3명 중에서 1명은 생후 24시간 이내에 사망한다. 신생아 호흡곤란증후군은 출생 24시간 이내에 가장 흔한 응급질환이고, 미숙아 사망의 첫째 원인이다. 만일 영아 사망 원인 중 1/3을 차지하는 신생아 호흡곤란증후군을 잘 치료해서 미숙아를 모두 살려 내면 우리나라 영아사망률이 2.8

에서 1.0 이하까지도 감소할 수 있을 것이다.

　일본에서 수입되는 후지와라 교수가 개발한 신생아 호흡곤란증후군 치료제는 한 병당 100만 원이나 되는 고가 치료제였다. 국산화하여 조금 더 저렴한 가격으로 우리나라 미숙아들을 치료하고 싶어졌다. 이미 후지와라 교수의 폐 표면활성제는 특허가 만료되어 구성성분들은 알려져 있었다. 국내 많은 제약사들에게 폐 표면활성제 국산화를 제안하였으나 나서는 제약사가 없었다. 약 값이 고가이긴 하지만 미숙아 체중이 작다 보니 아기 한 명당 한 병 정도만 사용한 치료효과도 탁월하기 때문에, 대개 한 병 정도 투여하면 더 이상 투여가 필요 없을 정도였다. 제약사로서는 약을 사용할 환자의 수도 극히 적고, 치료에 사용할 약의 양도 적으니 별로 개발 의욕이 생기지 않을 조건이었다. 시장성이나 수익성이 별로 없는 약이었다.

　다행하게도 유한양행에서 적극적으로 국산화에 대한 의지를 보여 주었다. 과기처가 주는 국가연구비를 수주하여 유한양행과 공동으로 폐 표면활성제 국산화 연구를 시작하였다. 1993년 연구를 시작하여 드디어 1997년에 미숙아 치료에 사용하도록 보건복지부로부터 국산 폐 표면활성제 제조와 사용 허가를 받았다. 우리나라 자체적으로 개발한 저렴한 미숙아 호흡곤란증후군 치료제를 가지게 된 것이다.

얼마 지나지 않아 일본에서 광우병이 발생하였다. 폐 표면활성제가 소 폐에서 얻어지는 생물학적 약이기 때문에 우리나라 정부는 일본산 폐 표면활성제 수입을 금지했다. 만일 우리가 자체 개발한 국산 약이 없었으면 미숙아 치료에 큰 어려움을 당할 수 있었을 것이다.

지금 생각하면 폐 표면활성제 국산화를 위하여 힘든 시기를 보냈지만 참으로 보람 있는 연구를 하였다고 자부하고 싶다. 특허가 만료되었다고 약물 조성의 비밀이 쉽게 풀어지는 것은 아니다. 약의 조합에 들어가는 성분의 이름은 알아도 그 조합 비율 등 해결해야 할 문제들이 많다. 유한양행은 38번이나 조합을 바꾸어 가며 나의 연구실에 후보 물질을 공급하였다. 그러나 후보 물질을 공급받아도, 후보 물질의 효능을 측정할 실험 방법을 모르고 있었다.

물질의 효능을 측정할 시험관 실험과 생체실험 방법을 배우기 위하여 이와테대학 후지와라 교수의 실험실에서 2개월간 연수를 하였다. 한국에 대하여 관심이 높은 후지와라 교수는 연수 중인 나에게 우리나라 의학교육 제도를 이와테 의과대학 학생들에게 소개해 달라는 부탁을 했다. 강의시간에 후지와라 교수도 의과대학 학생들과 함께 참석한다고 하여, 성의를 다하여 준비하고 열심히 소개하였던 기억이 새롭다.

　연수 후에 후보 신약물질의 폐 병리조직검사와 생체시험인 동물실험까지 진행하였다. 동물실험은 토끼 태자를 사용하였다. 미숙 토끼 태자를 얻기 위하여 예정일보다 이르게 제왕절개로 토끼 태자를 분만시켰다. 미숙아의 폐와 비슷한 상태의 미숙 토끼 태자 폐에 후보 물질을 투여하여 폐의 호흡 기능을 측정하였다. 38번이나 후보 물질의 조성을 바꾼 끝에 드디어 후지와라 교수의 폐 표면활성제와 같은 효과를 가진 국산 신약이 탄생하게 되었다.

　우리나라 정부와 유한양행 중앙연구소장 이종욱 박사를 비롯한 연구진 그리고 당시 전임의였던 연세의대 박민수 교수, 아주의대 박문성 교수를 비롯한 여러분의 도움에 힘입어 국산 신약을 가지게 되었다. 1990년대 우리나라 바이오 산업의 초창기에 산학협동을 통하여 신생아 호흡곤란증후군 치료제 개발에 앞장섰던 것이 참으로 자랑스럽고 뿌듯한 일이 되었다.

달걀부화기가 인큐베이터의 원조

요사이 화두가 벤처기업이다. 창업 인큐베이터라는 곳은 벤처기업을 부화시켜 유니콘 기업으로 태어나도록 도와주는 일을 한다. 많은 젊은이의 아이디어와 꿈과 열정이 창업 인큐베이터라는 절차를 통하여 대박을 터트린 이야기들이 화제이다. 창업 인큐베이터는 갓 태어나서 홀로 서지 못하는 나이 어린 기업에게 금융 지원을 비롯한 경영학적, 법적 자문 같은 실질적 도움을 주는 선한 제도이다.

미숙아가 입원하는 인큐베이터는 산부인과 의사에 의해 개발되었다. 새의 알을 부화시키기 위하여 사용하던 부화기에서 힌트를 얻은 것이다. 1870년에 프랑스와 독일 사이에 보불전쟁이 일어났다. 프랑스는 전쟁과 기근으로 인한 인구 감소가 사회적으로 큰 문제가 되었다. 프랑스는 출산을 장려하여 신생아 수를 증가시켜야 하는 급한 입장이 되었다. 19세기 말에는 영아 사망률이 높았다. 태어난 아기 5명 중 1명은 기어 다니는 법을 배우기도 전에 죽었다. 이때 한 산부인과 의사가 출산을 장려하는 것도 중요하지만 신생아 사망률을 감소시키는 것도 빠르고 효과적인 인구 증가 방법이 되리라고 생각하였다. 새들의 부화 과정에서 아이디어를 얻은 그의 벤처정신은 이후 수많은 미숙아의 생명을 살리는 획기적 사건으로 발전하게 된다.

프랑스 산부인과 의사 에티엔 스테판 타르니에Étienne Stéphane Tarnier는 파리 동물원에서 새알을 부화시키기 위하여 사용하는 가열기구를 보고 신생아에게 적용하고 싶은 생각이 들었다. 그리하여 타르니에 박사 자신이 입원시킨 미숙아 치료에 동물원에서 본 부화용 가열기구의 원리를 적용하기 시작하였다.

1880년 타르니에 박사의 초기 인큐베이터는 파리의 모자병원에서 처음으로 사용되기 시작하였다. 그 후 프랑스 의사 피에르 콩스탕 부댕Pierre Constant Budin은 인큐베이터를 이용하여 미숙아의 체온 조절에 성공해 많은 미숙아를 살려 낸 사례들을 학회에 보고하였다. 그러나 이런 창의적 생각도 보수적 집단인 의사들에게 받아들여지지 않았다. 표준 치료에서 벗어나는 비과학

박람회에 나를 보러 오세요

[출처: 《History of the Care and Feeding of the Premature Infant》(Thomas E. Cone, 1985)]

적인 방법이라고 비난하며 비웃음거리로 만들어 버렸다.

부댕 박사의 제자인 마틴 코니Martin Couney는 보수적인 의사들 대신 일반 대중에게 인큐베이터를 알리기 위하여 1896년 독일 베를린에서 열린 세계박람회에 타르니에 박사의 인큐베이터를 전시하였다. 베를린 박람회에서 성공을 거두자 코니 박사는 미국 뉴욕의 코니아일랜드쇼Coney Island Amusement Park Show에 인큐베이터를 전시하였다. 초기 인큐베이터에는 '신생아 부화기'라는 별명이 붙었다.

미숙아 살리기를 열망하는 부모들이 인큐베이터 실물을 보고 싶어 하였다. 소문을 타고 너무 많은 사람이 관람을 위하여 몰려들었다. 놀이공원 주최측에서는 되도록 많은 사람에게 보이기 위하여 서커스 공연 막간 시간을 이용하여 인큐베이터를 전시하였다. 그리고 관람 인원을 조절하기 위하여 25센트 관람료를 지불하게 하는 사태까지 이르렀다.

그 후 1943년, 뉴욕에 있는 코넬병원Cornell Hospital이 세계 최초로 미숙아 전용 공간을 열게 된다. 병원의 의사들이 외면한 인큐베이터가 장터에서 인기를 얻고 다시 병원에서 사용되는 기이한 일이 벌어진 것이다.

인큐베이터를 우리말로는 보육기라고 부른다. 일반인들은 인큐베이터라는 단어를 들어 보거나 사진으로 본 적은 있어도 실물로 보기는 어렵다. 왜냐하면 대학병원 같은 큰 병원에서도 왕래가 적은 격리된 공간인 신생아집중치료실에 꼭꼭 숨어 있기 때문이다. 인큐베이터는 미숙아를 넣어 키우는 장치이다. 투명한 뚜껑을 통하여 인큐베이터 내부의 아기를 관찰할 수 있고, 온도와 습도를 유지하면서 산소 공급을 하기도 한다.

인큐베이터에 뚜껑이 있으면 아기를 격리할 수 있는 장점도 있으나 집중치료를 위한 여러 장치를 이용할 때 뚜껑 때문에 불편하다. 그래서 개발된 것이 뚜껑이 없는 오픈 인큐베이터이다.

체온 조절은 위쪽에 위치한 복사가열기를 이용하고, 습도는 아기를 얇은 비닐 랩으로 싸서 수분 증발을 억제하여 열손실을 막아 주는 특수 인큐베이터이다. 오픈 인큐베이터는 여러 가지 집중치료 장치가 필요한 미숙아의 입원 초기 치료에 주로 사용된다. 인큐베이터의 종류나 가격도 다양하다. 단순하게 온도와 습도만 유지하는 경차급 인큐베이터부터, 첨단 집중치료인 체외막산소공급ECMO, extracorporeal membrane oxygenation까지 할 수 있는 벤츠급 인큐베이터까지 여러 종류가 있다. 구입 가격은 대당 3천만 원에서 7천만 원 정도인데, 벤츠급 인큐베이터는 하이브리드 타입이라서 오픈 인큐베이터의 기능도 같이 가지고 있다. 대학병원 신생아집중치료실은 이런 다양한 종류의 인큐베이터를 30~40대씩 보유하고 있다.

인큐베이터는 미숙아나, 기업이나 혼자 일어설 수 있을 때까지 도움을 주는 역할을 한다. 타르니에 박사의 초기 인큐베이터도 달걀부화기에서 아이디어를 얻은 벤처정신의 산물이다. 우리 젊은 기업인들도 이런 불굴의 창업정신으로 인류의 삶에 공헌하는 많은 결과물을 만들어 내고 국부창출에도 일익을 담당하였으면 좋겠다.

미숙아 나이는 세 가지?!

브라운대학 우먼앤드인펀츠병원 전임의 시절, 미국 신생아 의사들에게 우리나라 미숙아들은 나이가 세 가지나 된다고 하면 의아한 표정을 지었다. 세계적으로 모든 신생아 의사들은 미숙아인 경우에 나이가 두 가지인 것은 잘 알고 있다. 두 가지 나이는 출생 생일과 교정 연령인데, 그 외에 무슨 나이가 더 있느냐고 묻곤 하였다. 양력과 음력을 설명하면 그제야 고개를 끄덕였다.

우리나라 사람의 80%가 음력을 사용한다고 한다. 음력은 우리나라를 비롯하여 유교 문화권인 중국, 일본, 베트남 등지에서 사용하였다. 중국에서는 1960대 문화대혁명을 계기로 음력이 사라졌다. 일본은 보다 일찍 1902년에 법으로 음력 대신 만 나이를 쓰도록 하였다. 세계에서 유일하게 우리나라만 음력을 쓰고 있다. 우리나라 인물정보를 찾아보면 만 나이와 음력 나이를 같이 표기할 정도로 음력을 사랑한다. 아직도 생일을 음력으로, 부모님 기일을 음력으로 사용하는 가정이 많다. 음력 나이는 어떻게 보면 우리 민족의 혼을 담은 '정신' 연령이자 '생명 존중' 사상의 극대치라고 볼 수 있다.

미숙아로 태어나면 과거에는 출생신고를 늦추어 실제 출생일과 호적상 출생일이 다른 경우도 있었다. 부모, 특히 조부모로서는 아기의 생존이 불확실한 상황이라 생존이 확실하여질 때까지 출생신고를 미루는 것이다. 출생신고를 하는 주체가, 분만한 의료기관이 아니라 부모가 하여야 하는 법 때문에 생기는 일이다.

미숙아에게는 양력과 음력, 주민등록증 나이와는 전혀 다른 또 하나의 나이가 있다. 교정 연령이란 것이다. 교정 연령이란 주민등록상의 출생일과는 다른 나이이다. 임신 40주, 출산 예정일을 기준하여 나이를 계산하는 것이다. 미숙아의 출생일 기준 주민등록상 나이가 5개월이라도, 아기가 예정일보다 3개월 일찍 태어났다면 예정일 기준 교정 연령은 2개월이다. 교정 연령은 키, 몸무게 같은 신체 발달과 아기의 지적 발달, 운동

발달을 평가하기 위하여 병원에서 진료 목적으로 사용되는 나이이다.

출생 예정일이 3월 1일이었는데 실제 태어나기를 1월 1일에 하였다고 가정하여 보자. 이 아기의 성장과 발달을 3월 1일 출생한 아기와 비교하는 것이 옳은가, 아니면 1월 1일 태어난 아기와 비교하는 것이 옳은가? 1월 1일 태어난 아기와 비교하면 너무 억울하다. 같은 시기에 수태된 또래 동갑과 비교하여야지 2개월 먼저 수태되어 태어난 형과 비교하는 것은 너무 불공평한 일이다. 미숙아를 평가할 때 생년월일이 같은 아기와 나란히 인지능력과 운동발달을 평가하면 항상 뒤처진 아기로 취급될 수밖에 없다.

예방접종을 하러 소아과에 가면 키, 몸무게, 머리둘레를 측정한다. 아기가 정상적으로 자라고 있는지를 평가하기 위하여 신체계측을 하는 것이다. 특히 머리둘레는 뇌의 발달을 간접적으로 알려 주는 신체계측치이다. 머리둘레가 두뇌 크기와 뇌 기능을 나타내기 때문이다. 아기 모자를 사려고 머리둘레를 재는 것이 아니다. 어찌 보면 뇌 성장과 연관된 머리둘레 크기가 키, 몸무게보다 더 중요할 수도 있다.

일반적으로 돌이 되면 출생체중 3kg의 3배인 10kg이 된다. 출생 후 돌 때까지가 일생 중 가장 빠르게 키와 몸무게가 자라는 시기이다.

그러나 어느 한순간의 몸무게도 중요하지만 태어나서 돌까지 1년간 성장 속도도 중요하다. 돌 때 몸무게가 또래 아기 열명 중 다섯 번째, 즉 평균 체중이라도 안심하지 못하는 경우도 있다. 만일 출생 시 몸무게가 열 명 중 아홉 번째로 무겁게 태어난 아기라면, 돌 때의 몸무게도 아홉 번째로 계속 유지되어야 정상적 성장을 하였다고 평가한다. 돌 때에는 열 명 중 다섯 번째로 평균 체중이라도, 출생 때 아홉 번째로 무거웠다면 성장속도가 느려졌다고 판정하여야 한다. 태어날 때 열 명 중 세 번째로 가벼웠더라도 돌 때에 세 번째로 가볍게 유지된다면, 몸무게가 또래보다 작더라도 큰 문제가 되지 않을 수도 있다. 몸무

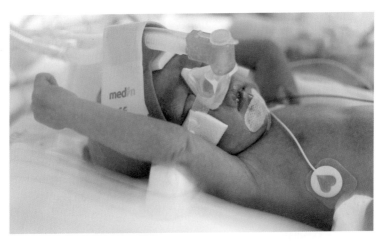

인공호흡기 치료 중이지만 으라차차

게의 증가 속도가 느리면 영양상 문제가 있었던지, 숨은 질환이 있을 수 있어 정밀검사와 진찰이 필요하다. 한순간의 신체계측치를 가지고 발달이나 영양상태를 평가하는 것은 무리이다.

작은 미숙아들의 평가는 언제나 교정 나이로 계산하여야 한다. 교정 나이로 평가하여도 대부분의 미숙아들은 또래보다 성장이 조금 늦다. 아마도 집중치료라는 힘든 시기를 지났기 때문이라고 생각된다. 그러나 대부분의 미숙아들은 두 돌이 되면 같은 또래 아기들의 키, 몸무게를 따라잡는다. 신체계측치를 오래 보관하여, 또래의 키와 몸무게를 따라잡는 순간을 만끽하는 기쁨을 누려 보기 바란다.

도리도리 짝짜꿍 대신 베일리 발달검사

신생아집중치료실에서 퇴원한 아기를 외래진료실에서 볼 때마다 풀지 못하고 있는 숙제가 하나 남아 있었다. 돌 때까지는 소아과 외래를 정기적으로 방문하여 키, 몸무게, 머리둘레 등을 측정하고 예방접종을 시행한다. 그러나 진찰할 때마다 아기의 지능이나 운동발달이 처지지나 않는지 궁금하지만 평가할 방법을 알지 못하니 답답하기만 하였다. 발달장애가 있다면 일찍 발견할수록 치료효과가 좋기 때문이다. 발달 지연이 조금만 의심되어도 재활의학과나 소아신경과 등 해당 전문 진료과에 지체 없이 의뢰하여야 한다.

돌 전이라도 아기 발달을 평가하여야 한다. 그러나 돌도 안된 어린아이의 발달 상태는 알 수가 없었다. '까꿍, 까꿍' 하여서 아기가 웃으면 조금 안심이 되고, '도리도리 짝짜꿍', '곤지곤지'를 아기가 따라 하는 것을 보면 조금 더 안심이 되곤 하였다. 이렇게 초보적으로 아기의 발달을 평가하는 것은 의사가 아니라 아기 엄마도 할 수 있으니 정말 답답한 일이었다.

1984년 우먼앤드인펀츠병원 연수 시절의 기억이 떠올랐다. 돌 전의 아기 발달을 측정하는 '베일리 발달검사'가 생각난 것이다. 당시 국내에서 어린이 발달검사를 하는 여러 곳을 수소문하여 보았지만, 돌 전 어린 아기의 발달검사인 '베일리 발달검사'를 이론적으로는 알고 있어도 실제로 검사하는 곳이 없었다. 목마른 자가 우물을 파는 법이다. 그 길로 당장 우먼앤드인펀츠병원 외래추적진료소Followup Clinic의 책임자 베티 보어Betty Vohr 교수에게 편지를 썼다. 외래추적진료소에서 시행하는 '베일리 발달검사'를 배우고 싶다는 내용이었다.

1984년 첫 연수를 한 이래 1988년에 두 번째로 우먼앤드인펀츠병원에서 배울 기회가 왔다. 우먼앤드인펀츠병원의 신생아집중치료실은 미국 내에서도 최신 장비와 분야별 최고 의료진을 보유하고 있어 수많은 신생아와 미숙아를 살려 낸다. 그리고 미국 내에서도 가장 활발하게 신생아집중치료실에서 퇴원한 아기의 퇴원 후 발달 상태에 관한 연구와 논문을 발표하고 있다.

처음 우먼앤드인펀츠병원에서 전임의를 할 때는 집중치료와 동물실험을 하느라 시간이 없어 외래추적진료소가 있다는 정도만 알고 있었다. 외래추적진료소는 신생아를 퇴원시킨 후 외래에서 오랜 기간 추적진료하는 곳이다. 추적진료 중인 아기가 알래스카로 이사를 가면 머나먼 그곳까지 방문하여 추적조사를 완료하는 것을 보았다. 장기간 추적을 통하여 퇴원 아기의 인지와 운동 발달을 비롯한 관련 질병, 영양상태를 종합적으로 평가한다. 미숙아들의 성장과 발달에 관한 방대한 진료와 연구 자료를 가지고 있다. 외래추적진료소의 책임자 베티 보어 교수는 미국 내에서 신생아 추적연구의 대가였다.

외래추적진료소에서 2개월간 주로 '베일리 발달검사'를 배우고 실습을 하였다. 당시 2개월이라는 짧은 기간이었지만, 추적진료에 관하여 많은 것을 배우고 시야를 넓힌 값진 시간이었다. 마지막 주에는 베일리 발달검사를 위한 자격증을 취득하는 시험을 보았다. 의과대학을 입학하고 졸업하기 위하여, 소아과 전문의를 얻기 위하여, 그리고 대학원 입학을 위하여 수많은 시험을 보아 왔다. 그러나 미국에서 미국 평가위원들 앞에서 치러지는 베일리 발달검사 자격시험이 생애에서 마지막 치르는 시험이면서 가장 떨리는 시험이었다.

베일리 발달검사를 실제로 배우기 위하여 외래추적진료소를 방문한 아기들을 내가 직접 테스트도 하고, 외부 유아원을 방문하여 환자가 아닌 원아들도 직접 검사도 하였다. 자격시험 때는 시험관 두 분이 참여했다. 나에게 외래추적진료소를 방문한 아기의 베일리 발달검사를 직접 시행하라고 지시했다. 시험관들은 내가 발달검사를 집행하는 순서와 방법을 평가했다. 동시에 아기의 반응 모습을 보며 베일리 발달검사지에 채점 점수를 기록했다. 시험이 끝난 후 내가 체크한 점수와 시험관의 점수를 맞추어 보았다. 시험관은 내가 검사하는 방법이 매뉴얼대로 하는지, 그리고 내가 기록한 점수가 시험관의 점수와 일치하는지 두 가지를 평가했다. 시험에 합격하여 나는 '베일리 발달검사를 할 수 있다'는 자격증^{certificate}을 받을 수 있었다.

정상적인 발달을 하는 아기를 비정상이라 해서도 안 되지만, 비정상을 정상 발달이라고 하면 더욱 큰일이다. 그래서 엄격한 실기시험을 거쳐 베일리 발달검사를 할 수 있는 자격증을 발급하는 것이다. 귀국하여 신생아집중치료실에서 퇴원한 아기들을 대상으로 베일리 발달검사를 시작하였다. 신문기사에 실린 670gm 아기의 인지 발달과 운동 발달이 정상이라는 결과도 얻을 수 있었다.

세계적으로 공인된 베일리 발달검사를 국내에 소개하면서

더 이상 '도리도리 짝짜꿍'과 같이 막연하고 답답한 방법으로 발달 상태를 추측하지 않아도 되었다. 신생아집중치료실에서 퇴원한 아기들의 발달을 실제로 평가할 수 있어 기쁘고 보람된 일이었다.

우리는 오 패밀리(吳氏家族)입니다

우먼앤드인펀츠병원에서 전임의 시절, 스톤스트리트 교수가 어느 날 나에게 이런 말을 하였다.

"우리는 윌리엄 오 교수 패밀리입니다. 오 교수는 나의 피를 요구합니다. 그러나 그는 나에게 더 많은 피를 줍니다. We are Oh's family. He needs my blood, but he gave me more blood."

평소 스톤스트리트 교수의 냉정한 성격과 이성적 행동을 보아 왔던 나에게는 충격적인 말이었다.

브라운대학이 위치한 로드아일랜드주의 주도 프로비던스는 이탈리아계 주민이 많고 마피아의 수뇌부들이 많이 사는 곳이란 이야기를 주위 미국 의사들로부터 자주 들었다. 그렇지만 항상 냉정하고 웃음이 없던 중년의 미국 여자 교수 입에서 영화

〈대부〉에서나 들을 법한 '패밀리'라는 단어가 나오니 어안이 벙벙하였다. 미국 대학의 신생아과 여자 교수와 마피아들이 즐겨 사용하는 '패밀리'라는 단어의 연결점을 찾을 수가 없기에 적이 당황스러웠다. 그래서 그 대화를 지금도 기억하고 있다.

1980년대 초 미국에서 신생아 집중치료 연수를 준비하던 때 일이다. 세계에서 가장 앞서 나가는 미국의 신생아학을 배우기 위해 미국 병원과 지도교수를 정해야 하는데 아무에게서도 도움을 받을 수 없었다. 당시 우리나라에는 신생아학 선배 교수 두 분이 계셨지만, 일본과 프랑스에서 신생아학을 공부한 분들이었다. 신생아학 관련 의학잡지를 뒤지기 시작하여, 연구를 왕성하게 하여 논문을 많이 발표하는 50여 곳의 미국 대학병원 신생아과장들 연락처를 확보하였다.

신생아과장들에게 나를 소개하면서, 신생아학 연수를 위하여 초청을 요청하는 장문의 편지를 50여 곳에 발송하였다. 대부분 소식이 없었지만 두 곳에서 적극적으로 연수를 허락한다는 연락이 왔다. 한 곳이 캘리포니아의 UC 데이비스 대학이고 다른 한 곳이 뉴잉글랜드 지방의 브라운대학이었다. 당시 연세의대 소아과학 주임교수인 윤덕진 교수를 찾아뵙고 연수 대학을 상의하였다. 윤덕진 교수는 이미 오래전 미국에서 전문의 과정을 마치신 분이다. 윤 교수님은 즉석에서 "뉴잉글랜드는 양반 동네야! 브라운으로 가게나." 이리하여 1984년 나의 연수 병원이 브라운대학 부속병원인 우먼앤드인펀츠병원으로 결정되었다. 그때서야 로드아일랜드의 위치가 궁금하여 '미국 어디에 있는 섬인가?' 하고 찾아보았더니, 섬이 아니라 보스턴과 뉴욕 사이에 위치한, 미국에서 가장 작은 주라는 것을 알게 되었다.

우먼앤드인펀츠병원의 신생아과장인 윌리엄 오 교수가 나를 초청한 장본인이다. 그는 중국인이지만 한국 사람 '오' 씨 성을 가졌다. 윌리엄 오 교수가 나에게 들려준 한국 사람 성을 가지게 된 연유는 이러하다. 그의 아버지는 대단한 반공주의자였다. 중국 본토가 공산화되자 조국을 떠나 필리핀으로 이주하였다. 보트피플이 되어 항해 중 한국 사람 '오' 씨의 여권을 구입하게 되었다. 윌리엄 오 교수는 필리핀에서 의대를 졸업하고 미국에서 소아과 전문의 과정을 마쳤다. 그리고 노벨상으로 유명한 스웨덴 카롤린스카 연구소Karolinska Institute에서 박사과정을 마쳤다.

한국 성인 '오' 씨에서 원래 중국 성으로 개명하려고 보니, 이미 400편의 연구논문을 세계적 학술지에 게재한 미국 신생아학계의 석학이자 거물이 되어 있었다. 나에게 "이제 와서 중국 성을 되찾자 하니 400편 논문의 연구자 이름을 바꾸어야 하는데 바꿀 방법이 없었다. 미국에서 성을 바꾸는 경우는 여성인 경우에만 가능하고, 그것도 결혼하여 남편 성으로 바꾸는 경우밖에 없다. 그래서 나는 계속 한국 '오' 씨 성을 사용한다"라고 말하였다.

미국 연수 당시 나와 같이 일하던 미국 전임의가 5명이 있었다. 이들에게 윌리엄 오 교수는 주기적으로 '경영학 수업 Administrative Talk'을 직접 강의하는 것을 알게 되었다. 학문적 내용이 아니라 경영에 관한 내용이라 궁금하여 나도 참석하였다. 강의 주제가 '학회에서 좌장 보는 법', '연구비를 수주하는 법', '학술잡지 편집장이 되었을 때 논문 평가하는 법', 심지어는 '윗사람과 좋은 관계를 유지하는 법' 등을 가르쳐 주었다. 윌리엄 오 교수는 전임의들을 앞날의 미국 신생아학을 이끌 리더로 교육시키고 있었다. 이런 소문이 나서인지 전임의를 마친 미국 신생아 의사들은 하버드 의대 같은 미국 유수한 대학의 교수로 초빙되어 갔다.

미국 연수 당시 아버님이 미국을 다녀가셨다. 어느 날 복도에서 윌리엄 오 교수를 마주쳤다. 그는 항상 나를 만나면 큰 어깨로 나를 감싸며 다정하게 나의 연구 진행 상황을 확인하고 가족의 안부도 묻곤 하였다. 아버님이 잠시 미국을 다녀가셨다고 말하니 정색을 하며 "아니, 왜 나에게 말하지 않았어! 내가 식사 대접이라도 해야 하는데." 그때 한 대 얻어맞은 기분이었다. 동양에서 온 연구 전임의에게까지 이런 관심과 정을 베푸는 오 교수의 넓은 가슴에 큰 감동을 받았다.

해마다 열리는 미국 소아과학회는 전 세계적으로 소아과를 전공하는 의학자들 수천 명이 모이는 국제학회이다. 학회 첫날이면 윌리엄 오 교수는 세계에 흩어졌던 제자들을 시내 중국식당에 초청하여 재회의 자리를 마련하였다. 유럽, 이스라엘, 중국과 일본 등 해외 여러 나라 제자 의사는 물론 미국 유수 대학의 제자 교수들까지 30여 명이 참석한다. 윌리엄 오 교수 제자들의 연례 동창생 모임이다. 여러 나라에서 신생아학의 리더가 된 제자들 근황을 알고 싶고, 제자들끼리 좋은 관계 형성을 이루어 주기 위하여 마련한 자리이다. 미국에서 윌리엄 오 교수의 동양적 리더십이 꽃을 피우는 저녁 모임이었다.

시간이 흐르면서 나도 스톤스트리트 교수의 "우리는 윌리엄 오 교수 패밀리입니다"라는 말을 절감하게 되었다. 전혀 다른 성격이지만 윌리엄 오 교수의 얼굴에 영화 〈대부〉의 말런 브랜도 얼굴이 겹쳐 지나는 것은 어쩐 일일까? 윌리엄 오 교수는 나를 전임의로 받아 준 이후 우리나라 한양의대 김창렬 교수,

가톨릭의대 성인경 교수, 연세의대 남궁란 교수 등 많은 한국 신생아 의사들을 비롯하여 간호사들도 연수시켜 주어 우리나라 신생아학 발전에 크게 이바지하였다. 우리나라에도 '오 패밀리'에 속하는 신생아 의사들이 많이 있다.

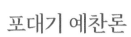

포대기 예찬론

"여보! 딸아이가 다리를 저는 것 같아."

아내가 어느 휴일 날 나에게 던진 말이다. 태어난 후 얼마 지나지 않아서부터 아내가 기저귀를 갈 때 "왜 오른쪽 허벅지와 왼쪽 허벅지 주름이 차이가 나지?"라고 묻던 생각이 퍼뜩 떠올랐다. 아내가 몇 번 반복하는 말을 대수롭지 않게 여기고 흘려보냈었다.

인턴 때 딸아이가 태어났다. 새벽에 출근하니 자는 얼굴만 보고 집을 나선다. 모처럼 늦은 퇴근을 하면 잠이 들어 있다. 딸을 볼 시간이 거의 없었다. 그러다 아내에게 딸이 다리를 저는 것 같다는 말을 듣고 설마 하는 심정으로 걷는 모양을 보니 다리를 조금 저는 듯하였다. 딸을 눕히고 엉치뼈를 검사하니 고관절 탈구가 의심되었다.

　다음 날 소아정형외과 진료를 하니 선천성 고관절 탈구로 확진되었다. 그때부터 오랫동안 딸아이의 고생이 시작되었다. 탈구된 고관절을 치료하기 위하여 고관절을 움직이지 못하게 고정시켜야 한다. 거의 1년 가까이 발목에서부터 목 아래까지 전신 석고붕대를 하여 탈구된 엉치뼈를 고정하는 치료를 하였다. 어른 같으면 하루도 못 견딜 터인데, 어린 딸은 오랜 기간을 목욕도 못 하여 가렵기도 하고, 연한 피부가 짓물러서 아프기도 하련만 잘도 참아 내었다.

　최근에는 전공의도 근로자로 취급하여 근로기준법의 적용 대상이 된다. 전공의의 수련 환경 개선을 위한 법률에 의하면, 전공의는 1주일에 80시간을 초과하여 근무하지 못한다. 수련 시간 제한 때문에 전공의들이 수술실에서 수술 도중에 수술장을 떠나는 일도 일어난다. 이런 어이없는 일이 일어나지 않도록 심장 수술과 같이 장시간 진행되는 수술인 경우에는, 처음부터 전공의를 수술에 참여시키지 않기도 한다. 이렇게 전공의를 근로자로 취급하는 근로시간 개념이 도입되면서 전공의들에게 점차 수련 기회를 빼앗아 가고 있다.

　전공의가 수술 도중 수술실을 떠나면 전공의 업무까지 교수들이 도맡는다. 수술실에 CCTV까지 설치되어 더욱 피곤하다. 전공의들이 근무시간이 초과하면 수술장을 떠나는 현실에 누구에게 대리 수술을 시킨다는 말인가? 수술 시 CCTV의 녹화 장면에 환자의 은밀한 신체 부위가 노출된다. 수술실 CCTV 설치는 의사의 자존심을 훼손하고 환자의 신체 노출까지 감행하는 세계에서도 유래를 찾아보기 어려운 악법이다. 극히 일부에서 피치 못할 사정으로 대리 수술이 전혀 없다고 할 수 없다. 그러나 1% 정도의 극소수 의료인들의 일탈을 빌미 삼아, 환자를 위하여 땀 흘리는 99% 의료인들의 인권을 매도하는 일들은 중단하였으면 좋겠다.

전공의는 환자 진료 시 의사 역할도 하지만, 일정 부분은 전공과목을 배우는 교육생이기도 하다. 전공의를 단순 근로자로 취급하여 근로기준법에 따라 근무시간을 제한하는 것은 어불성설이다. '레지던트resident'의 뜻은 영어로 '병원에서 상주한다'는 뜻이다. 나는 인턴과 전공의 저년 차 때는 한 달에 20일 정도 당직을 섰다. 어떨 때는 속옷을 갈아입지 못해 아내가 병원으로 속옷을 가져다주기도 했었다. 전공의 시절에는 워라밸도 중요하지만, 우선은 자신을 위해서 병원에 오래 체류하여 많이 배워야 한다. 의사의 실력은 많은 환자를 경험함으로써 얻어지기 때문이다. 주 80시간 근무하여서는 명의가 될 기회가 점점 멀어져

간다. 결국 전공의를 근로자로 몰아가는 조처는 국민 건강을 위해서도 도움이 되지 않는다.

나는 지금도 당시 생각을 하면 딸아이에게 미안하다. 장시간의 당직 근무와 수련 생활로 딸을 볼 시간이 없었다. 더욱 가슴 아픈 것은 소아과 전공의 초년병으로 선천성 고관절 탈구라는 병에 대한 무지함으로 조기 발견을 못 한 것이다. 선천성 고관절 탈구는 일찍 발견하면 업어 키우기만 해도 치료가 된다. 아기를 업게 되면 양쪽 무릎 사이가 벌어진다. 이런 자세가 되면 엉치뼈에서 빠져나와 탈구된 대퇴골두가 제자리로 들어가게 된다. 탈구된 고관절이 제 위치로 복원되게 되는 것이다. 무릎을 벌린 상태로 전신 깁스를 하는 이유도 탈구된 고관절을 제 위치로 복원시킨 후, 다시 탈구가 되지 않도록 고정시키기 위함이다. 생후 6개월 전에 일찍 발견될수록 치료가 쉽다. 전신 깁스를 하지 않고 업어 키우는 것만으로도 치료가 될 수 있었던 것이다. 돌이 지난 후 발견되면 장기간 전신 깁스를 하여야 한다. 돌보다 더 늦게 발견되면 수술로 교정하여야 한다.

고관절 탈구가 되면 오른쪽과 왼쪽의 허벅지 길이에 차이가 생긴다. 탈구된 쪽 허벅지가 정상 허벅지보다 짧아졌기 때문이다. 짧아진 허벅지에는 주름이 더 많이 생기게 된다. 예를 들면 오른쪽이 탈구되었다면 오른쪽 허벅지 주름이 3개, 왼쪽 허벅지 주름이 2개가 된다. 기저귀를 갈면서 오른쪽 허벅지와 왼쪽 허벅지 주름이 차이가 있는 것은 쉽게 발견된다. 이때 당장 소아과나 정형외과 의사를 찾아가야 한다. 어머니의 세심한 관찰이 선천성 고관절 탈구의 조기 발견에 절대로 중요하다.

아내도 일찍이 딸아이의 허벅지 주름이 차이가 있다고 나에게 말하였다. 그러나 전공의 시절이라 배움도 짧고, 그리고 딸을 자세히 볼 시간의 여유가 없어서 조기 발견을 놓친 것이다. 딸아이는 수술까지는 하지 않았지만 전신 깁스를 하여 선천성 고관절 탈구 치료를 마쳤다. 그러나 초등학교 입학 무렵 어릴 때 오랜 시간 전신 깁스를 한 후유증으로 반대편 고관절에 대퇴골두 무혈성 괴사가 발견되었다. 치료를 위하여 또다시 몇 년간은 보조기를 차고 학교에 등교하는 어려움을 겪었다.

나는 자주 전국적으로 개최되는 산모교실에 강사로 참여하였다. 때로는 내가 청하여 강사로 선 적도 있었다. 그때마다 산모들에게 아기를 키우면서 허벅지 주름을 세어 보라고 누누이 강조하였다. 이 강의를 듣고 한 명의 아기라도 나의 딸아이가 겪었던 어려움을 겪지 않았으면 하는 속죄의 마음이었다.

우리 선조들은 여러 가지로 육아의 지혜가 있었다. 아기가 태

아기를 업고 일기예보를 하는 기상 캐스터

어나면 주로 업어 키웠다. 업어 키우면 자연히 양쪽 무릎이 벌어진다. 아기를 오랫동안 업어 키우면 선천성 고관절 탈구가 있었다 하더라도 자연 치유되는 일이 많았으리라 추측된다.

이어령 선생님의 마지막 언론 인터뷰 기사에 이런 이야기가 실렸다.

업어 준다는 건 존재의 무게를 다 받아 준다는 건데 서양인에겐 익숙지 않은 경험이지요. 그들은 아이를 요람에서 키우니까, 태어나자마자 존재를 분리하지요. 땅에 놓으면 쥐들이 공격해서 아이를 천장에 매달아 두기도 했어요. 우리나라는 무조건 포대기로 싸서 둘러업잖아. 어미 등에 붙어 커서 우리나라 사람들이 천성이 착해요(웃음). 서양은 분리가 트라우마가 돼서 독립적인 만큼 공격적이거든. 한국의 전통 육아는 얼마나 슬기로워요.

요사이는 고가의 명품 유모차로 아기를 모시고 다닌다. 남들에게 보이기를 좋아하고, 외형을 중시하는 유행에 따라 폼 나는 고가 명품 유모차를 과시용으로 구입한다. 외형보다 더 중요한 것이 내실이다. 우리 선조의 육아 지혜를 배워 아기 업어 키우기 운동이 일어났으면 좋겠다.

미국에서도 포대기 사용의 장점이 알려진 모양이다. 어떤 여성 기상 캐스터가 포대기를 사용하여 아기를 업고 일기예보 방송을 하는 영상을 본 적도 있다. 엄마가 포대기로 아기를 등에 업으면, 아기는 밀착된 엄마 등의 폭신함과 따스함을 통하여 온몸으로 전해 오는 사랑을 느낄 것이다. 만일 선천성 고관절 탈구가 있더라도 포대기가 탈구를 자연 치유시키는 놀라운 일도 함께 일어나기를 기대해 볼 수 있다.

졸업을 축하합니다

"이번 주 중에는 졸업이 가능할 것 같습니다."

주치의가 주는 기쁜 소식이다. 어머니는 의아한 표정으로 "졸업이라니요? 퇴원을 시켜 주시는 것 아닌가요?"라고 되묻는다. 집중치료실 입원 중인 미숙아 어머니에게 '졸업'을 하라 하면 나오는 질문이다.

입원환자에게 퇴원하라는 의사 지시처럼 기쁜 소식은 없다. 대부분 퇴원이란 아픈 곳을 치료하기 위하여 병원에 입원하고 있다가, 병이 나아서 집으로 돌아가는 것이기 때문이다. 신생아 집중치료실에서 입원하다가 엄마 품으로 가는 아기의 경우는 좀 다르다. 퇴원이라고 부르지 않고 집중치료실을 '졸업'했다고 한다. 어른들은 입원할 때 고혈압이나 암과 같은 병을 치료하기 위하여 입원한다. 그런데 신생아집중치료실 입원 아기들 대부분이 흔히 입원하는 병들처럼 콕 집어서 병명을 말하기 어렵다. 예정보다 일찍 세상에 나와서, 몸의 모든 장기가 독자적으로 살아가도록 성숙하지 못하여 입원을 한 것이다. 어디가 병이 난 것이 아니라 성숙과 미성숙의 문제이다.

입원 기간에 시행하는 조처들은 병을 '치료한다'라고 말하기보다는, 모든 장기가 성숙하도록 '돕는다'라는 말이 더 적절하다. 입원 기간 동안 의료진은 출생 후 혼자 독립적 삶을 살 수 있도록 성숙하는 과정을 도와주었다. 미숙아들이 그런 도움을 받는 과정을 잘 마쳐 엄마 품으로 돌아간다고 생각하기 때문에 '졸업생graduate'이라고 부르는 것이다. 퇴원이라는 표현보다 졸업생이란 표현이 더욱 공감이 된다. 세계 여러 나라 신생아집중치료실에서도 퇴원 환자보다는 졸업생이라고 부르기를 좋아한다.

신생아집중치료실에서 아기 부모와 면담은 오전 회진 후 일정 시간으로 정하여져 있다. 주치의사는 개별적으로 각각 부모들과 면담을 시행한다. 어제 면회 후 하루 사이인 오늘 아기의 변화 상태를 소상하게 설명하여 주는 시간이다. 많은 부모가 모이다 보면 면담 시간이 길어진다. 기다리는 사이 아기 부모들도 서로 인사를 나누고 친하게 되는 모양이다. 동병상련同病相憐은

'같은 병을 앓는 사람끼리 가엽게 여긴다'는 뜻이다. 부모들은 통성명도 하고 아기 상태에 대하여 서로 정보 교환도 한다. 졸업이 가까워지면 입원 중인 다른 아기 부모들의 부러움과 축복의 대상이 되기도 한다.

세상에는 여러 동기생이 있다. 고등학교 졸업 동기생 모임이 가장 흔하고 활발하지만 유치원, 초등학교 동기생 모임도 있다. 요사이는 모임 연령이 내려가서 산후조리원 동기 모임까지 생겨 만남의 인연을 계속한다고 한다. 신생아집중치료실 입원 중 보호자 면담 시간에 만났던 부모들도 퇴원 후에 서로의 만남을 원한다.

집중치료실 졸업생 부모들이 아름아름으로 시작한 조그만 모임이, 최근에는 치료를 담당하였던 병원의 소아과에서 모임을 주관하게 되었다. 해가 갈수록 졸업생들이 쌓이다 보니 점점 모임의 규모가 커졌다. 부모들은 모여서 성장하는 아기 모습을 서로 축하도 하지만, 입원 당시 동병상련하였던 마음의 고생들도 서로 나누고 추억하는 모임이 되기도 한다. 병원에서도 지금 입원하고 있는 신생아와 미숙아의 부모들에게도 위로와 희망을 주기 위하여 집중치료실 졸업생들의 홈커밍 행사를 격려하고 지원한다.

'홈home'이라 하면 가정을 뜻하지만, 가정이 아니라 입원하였던 병원이 홈이 되는 독특한 모임이다. 홈커밍데이에는 졸업생 수보다 부모를 비롯한 가족들 숫자가 더 많다. 부모들은 지난날 아련했던 옛 추억들보다 지금의 상황이 너무 기쁜 것이다. 치료를 담당하였던 의료진을 다시 만나기 때문에, 감사와 기쁨은 더욱 커진다.

참석한 졸업생들이 가족을 소개하고, 졸업 후 졸업생들의 일상생활 사진과 동영상 등이 발표된다. 연예인이 자원봉사자로 나서서 음악공연, 마술쇼 등을 통하여 즐거움과 축하를 나눈다. 어머니의 육아일기가 낭독되기도 하고, 졸업생들의 장기자랑

집으로 가서 이만큼 컸어요

등으로 모처럼 동기생들의 훈훈한 가족모임이 된다. 생명과 감사의 축복이 함께하는 잔치이다.

입원 당시 어머니 역할을 한 간호사 그리고 작은 생명의 파수꾼 역할을 한 의사들이 졸업생들을 보는 눈길이나 감정이 남다르다. 특히 입원 당시에 생사의 고비를 넘었던 아기에게는 더 큰 관심과 애정을 가지게 된다. 하루도 빠지지 않고 면담을 한 개근생 부모와의 만남도 더욱 반갑다.

홈커밍데이에서 의사나 간호사들은 지금 신생아집중치료실에 입원 중인 아기들을 떠 올린다. 입원 중인 아기들 모두가 이렇게 홈커밍데이에 와서 기쁨을 나눌 수 있도록 최선을 다하자고 다짐을 하는 모임이기도 하다.

신생아집중치료실 홈커밍에 모인 모든 부모들의 염원도 마찬가지다. 신생아집중치료실에 입원 중인 아기가 한 명도 생명을 잃지 않고 엄마 품으로 돌아가기를 바란다.

'너희도 어서 커서, 우리와 함께 홈커밍데이에서 졸업생으로 만나자.'

엄마 간호사 파이팅!

"선생님! 우리 아기가 집중치료실에 입원하고 있던 동안 제가 쓴 일기장입니다."

신생아집중치료실에서 퇴원 후 소아과 외래를 방문한 아기 어머니가 자그마한 책자를 나에게 건네준다. 책자 제목이 '나의 작은 아기에게'이다. 아기가 입원하고 있는 동안 엄마의 마음을 담은 일기장이었다.

신생아집중치료실 졸업생들은 귀가한 후 일정 기간 정기적으로 어머니와 함께 병원 외래를 다시 찾아야 한다. 그간의 수유 상황을 확인하고 키와 몸무게 등을 측정하고 예방접종들을 하기 위해서이다. 많은 미숙아 어머니를 아기 퇴원 후 만나 보았으나 자신의 일기를 보여 준 어머니는 처음이었다.

어머니는 아기 출생 후 100일 동안 하루도 거르지 않고 매일 일기를 써 내려갔다. 아기는 임신 26주에 1,120gm으로 태어난 극소 저체중 출생아였다. 생후 73일째 신생아집중치료실에서 졸업하였다. 그리고 집에 가서 백일을 맞기까지 하루도 빠지지 않고 기록한 일기였다. 일기는 아주 작은 크기의 글씨로 A4 용지 60쪽이나 되는 방대한 내용이었다.

신생아집중치료실에 입원하고 있는 동안과 퇴원 후의 일기 내용이 달라진다. 입원 초기 일기에는 절망감과 암울함이 주로 쓰여 있었다. 아기가 미숙아로 태어나게 한 어머니로서의 죄책감, 그리고 아기 첫 면회 후 상상보다 더욱 작고 부서질 것 같은 애처로운 아기 모습을 보고 충격을 받은 안타까운 내용이다. 아기 아버지와 그리고 가족 간에 서로 위로하고 격려하는 아름답고 애잔한 기록도 있다. 그리고 나를 포함한 의사와 간호사의 말 한마디에 따라 울고 웃던 글도 있다. 퇴원이 다가올 즈음의 일기에는 집에 오면 준비해야 할 일 등 기쁨과 설렘의 글이 대부분이다. 퇴원 후의 내용은 아기가 마침내 엄마 품에 돌아온 환희와 생명에 대한 경외, 그리고 감사함이 읽는 사람의 마음을 뭉클하게 만든다.

어머니의 일기를 읽으면서 내가 깜짝 놀란 내용이 있다. 생후

3일째 일기에 성경 말씀을 가지고 기도한 구절이 있었다. 그 성경 말씀이 시편 127편 1절 "여호와께서 성을 지키지 않으시면 파수꾼의 경성함이 허사로다"이다. 바로 내가 평소 신생아집중치료실에 입원한 아기들을 위해 했던 기도와 같은 구절이다. 아기 어머니는 매일 성경 말씀을 붙잡고 기도하였다. 일기에도 기도한 여러 성경 구절들이 많이 나왔다. 그렇지만 그 방대한 성경의 신약과 구약 중에서 어머니의 기도와 나의 기도 성경 구절이 일치한 것이었다.

성경이란 이렇게 마음이 가난하여지고, 무거운 짐을 진 자들에게 큰 위로가 된다. 그때 나는 이러한 생각을 하였다. 아마도 신생아집중치료실에서 근무하는 간호사 중에서도 같은 성경 말씀을 가지고 기도하는 간호사도 많으리라. 어머니의 매일 매일의 아픔과 희망과 감사의 일기를 읽으면서 창조주 하나님께 이런 기도를 드리기로 다짐을 하였다.

생명의 주관자이신 하나님 아버지! 저희를 당신의 치유 도구로 사용하셔서, 신생아집중치료실의 모든 아기가 졸업생이 되도록 인도하여 주시옵소서. 아기를 부모와 가족들 품에 돌려 드릴 때 우리 모두가 감사와 기쁨의 기도를 드리게 하여 주시옵소서.

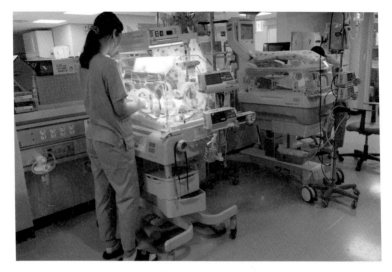

간호사 누나, 고마워요

　신생아집중치료실의 간호사들도 여성이고 자신들도 아기의 엄마들이다. 간호사들은 미숙아 어머니의 아픈 마음을 기록한 일기를 직접 읽고 듣지는 못하였다. 그러나 집중치료실에 아기를 입원시킨 어머니들의 심정을 충분히 공감하리라 생각한다.

　미숙아가 신생아집중치료실에 입원하는 동안에는 일반 소아과 입원환자처럼 어머니가 아기를 간호할 수 없다. 물론 간병인은 더욱더 사용할 수가 없다. 입원 기간 내내 그리고 퇴원 마지막 순간까지 간호사들이 엄마 노릇과 간병인 역할을 도맡아 한다. 근무 강도도 높아서 근무시간 내에는 거의 앉아 있을 시간이 없다.

미국의 신생아집중치료실에는 수유 시 필요한 흔들의자 이외에는 의자를 볼 수가 없다. 나와 자주 마주치던 미국 간호사한 분은 출근할 때 코카콜라 초대형 컵을 사 들고 왔다. 그리고하루 종일 대형 콜라를 홀짝홀짝 마시면서 근무를 했다. 내가시간이 지나면 김이 빠져 맛없는 콜라를 왜 종일 마시냐고 물어보았다. 자기는 커피 마실 시간도 없으니, 하루의 활기에 필요한 카페인을 콜라로부터 공급받는다고 한다. 그 간호사는 내가귀국할 때까지 여전히 출근하면서 준비한 초대형 컵 콜라를 즐기며 씩씩하게 근무하고 있었다.

미국의 신생아집중치료실 간호사들의 근무 강도는 살인적이다. 그렇게 커피 마실 시간도 없으면서도, 간호에 필요한 논문들을 찾아다가 근무하는 틈새 틈새에 앉지도 못하고 서서 읽는 것을 보고 놀랐다. 나도 가끔 그들이 읽고 있는 논문을 얻어다가 읽은 적도 있었다. 미국에는 전담간호사PA, Physician Assistant라고 부르는 전문 간호사 제도가 있다. 의사의 감독하에 집중치료 일부분에 간호사가 참여하는 제도이다. 전담간호사 자격을가진 신생아집중치료실 간호사들은 간호와 진료 관련 논문까지읽으면서, 의사와 함께 집중치료에 참여한다. 우리나라 간호사중에서도 세브란스병원을 비롯하여 몇 병원 간호사들이 미국에서 신생아 전문 간호사 과정을 이수하였다.

　신생아집중치료실 근무 간호사들이 '병원신생아간호사회'라는 모임을 만들었다. 회원이 약 2천 명이나 되는 큰 조직이다. 신생아 의사 527명의 모임인 대한신생아학회와 병원신생아간호사회는 우리나라 미숙아와 신생아를 살려 내는 귀중한 양대 보루이다. 아기를 너무 사랑하기 때문에 워라밸을 추구하는 사회 분위기에 휩쓸리지 않고, 음지에서 빛도 없이 어린 생명을 위하여 밤낮으로 애쓰는 이들을 격려하여 주었으면 좋겠다.

파수꾼의 마음으로

1995년 중앙일보는 〈강위석의 들으며 생각하며〉를 1년간 연재하고 있었다. 강위석 논설위원이 52명을 대상으로 매주 한 사람 한 사람과 나눈 얘기, 그리고 그 얘기를 통하여 생각하게 된 바를 써 내려간 글이다. 환경미화원, 소리꾼, 호텔맨, 감자 박사, 한복 모녀 명장, '학교 종이 땡땡땡' 작곡자, '동백 아가씨' 이미자, 박정희 모시기 10년의 김정렴, '일본을 따라잡자'는 경제학자 송병락 등 52명의 이야기다. 이야기들은 신문 연재 후《향기 나는 사람들》이란 책으로 출간되었다. 책의 말미에 저자는 52명의 글이 향기 나는 사람들의 절실한 개인적인 이야기이면서, 당당한 '공적 이야기들'이라고 기술하고 있다.

1995년 1월 14일 〈강위석의 들으며 생각하며〉 열세 번째 연

중앙일보 1995년 1월 14일 자 〈강위석의 들으며 생각하며〉

재물에 나의 이야기가 실렸다. 신문 전면을 차지하는 긴 글이었
다. 글의 제목은 '미숙아에 새 생명 주는 신의 대리인, 세브란스
병원 신생아실 이철 박사'였다.

　제목 중에서 '신의 대리인'이란 표현은 참으로 부담스럽고 감
히 꿈으로도 생각할 수 없는 과분한 표현이었다. 강위석 논설
위원의 명문도 감동이지만, 나의 진료 장면 사진까지 실려 너무

놀랍고 한편으로는 가문의 영광이었다.

내가 중앙일보 전면 기사에 등장한 연유는 이러하다. 의과대학 교수식당에서 암병원장을 하시던 외과 민진식 교수님과 한 자리에서 식사하게 되었다. 민 교수님께서 당신의 친구인 중앙일보 강위석 논설위원으로부터 신생아실에서 일하는 고참 간호사 한 분을 소개해 달라는 부탁을 받았다 하신다. 어려운 일이 아니기에 원하시는 간호사를 소개해 드리겠다고 강위석 논설위원과 교수실에서 만날 약속을 하였다. 간호사 면담 전 우선 교수실에서 강 위원님께 신생아집중치료실이 어떤 일을 하는 곳인지 설명해 드린 후 약속된 간호사와 면담을 하기로 하고 날짜를 잡았다.

약속된 날 교수실에서 강 논설위원님께 신생아집중치료실에서 하는 일을 아래와 같이 설명해 드렸다.

"아무리 체중이 작고 일찍 태어난 미숙아라도 인체가 가지고 있는 모든 장기를 다 가지고 태어납니다. 미숙아, 특히 몸무게가 1,000gm 미만의 초극소 저체중 출생아는 뇌, 눈, 심장, 폐, 위장, 콩팥 등 모든 장기가 혼자 기능을 할 수 있도록 발달되어 있지 않습니다. 숨을 쉬게 하려고 인공호흡기를 이용하여 산소와 혼합된 공기를 공급합니다. 미숙아의 뇌혈관이 약하여 뇌에서 출혈이 발생하지요. 생존을 하더라도 뇌의 출혈 유무와 출혈 정도에 따라 발달장애가 생기는 후유증을 겪기도 합니다. 뇌 초음파를 이용하여 뇌출혈 여부를 주기적으로 검사를 하지요."

"태아의 폐는 양수로 가득 차 있어 폐 내부의 압력이 매우 높습니다. 높은 압력 때문에 심장에서 폐로 피를 보낼 수가 없지요. 심장 앞에는 큰 혈관인 동맥관이 자리 잡고 있습니다. 심장에서 나온 피는 높은 압력 때문에 폐로 가지 못하고, 동맥관을 통하여 바로 온몸으로 피를 보내 버립니다. 출생 후 호흡이 시작되면 폐가 퍼지면서 폐의 압력이 떨어지게 되지요. 비로소 심장에서 나온 피가 폐로 이동하고, 폐에서 산소를 얻고 온몸으로 산소를 공급할 수 있게 됩니다. 태아 때 열려 있던 동맥관은 소임을 마치고 폐쇄가 됩니다. 비로소 태아 피돌기에서 어른 피돌기가 시작된답니다. 그러나 어떤 미숙아는 출생 후에도 동맥관이 닫히지 않을 때가 있지요. 그로 인하여 폐로 피가 갈 수 없어 저산소증에 빠지게 되는데, 약물로 때로는 수술로 동맥관을 폐쇄시켜 폐로 피가 돌게 합니다."

"미숙아는 태아 때 오그라져 있던 폐가 출생 후에도 활짝 퍼지지 않습니다. 인공호흡기를 사용하여 공기의 압력으로 강제로 폐를 펴게 하지요. 저산소증을 예방하기 위하여 고농도 산소를 공기와 혼합하여 흡입시킵니다. 인공호흡기 치료 시에 투여한 산소가 망막에 손상을 주어 시력에 문제가 생길 수도 있습니다. 미숙아로 태어난 미국의 맹인 가수 스티비 원더가 산소에 의하여 시력장애가 발생한 예입니다. 너무 높은 농도의 산소에 의한 망막 손상을 예방하기 위해, 피부에 감시장치를 부착하여 동맥피의 산소 농도를 계속 체크하지요."

"미숙아가 인큐베이터에서도 성장하려면 3대 영양소, 즉 탄수화물, 지방, 단백질이 필요하지 않겠습니까? 3대 영양소를 공급하기 위하여 배꼽 동맥에 가느다란 관을 삽관하여 조제된 영양액을 투여합니다. 미숙아는 빠는 힘이 없거나 매우 약합니다. 그렇지만 오랫동안 혈관으로 영양액을 줄 수 없기 때문에, 모유나 우유를 되도록 빨리 빨리기를 시작합니다."

"빠는 힘이 없어서 첫 수유는 입을 거치지 않고, 위장에 관을 넣어 모유를 바로 위로 넣어 줄 수밖에 없습니다. 그리고 모유나 우유도 미숙아에게 신생아들이 먹는 농도대로 투여하면 전혀 소화를 시키지 못하고, 심할 때는 장의 괴사까지 일어납니다. 그래서 아주 작은 미숙아의 첫 수유에는 모유를 1/10까지 희석하여 먹이기 시작할 때도 있지요. 수유의 양도 처음에는 1~2cc 정도의 소량부터 시작합니다. 아무리 소량이라도 한꺼번에 주면 소화를 시키지 못합니다. 지속해서 모유를 위로 흘려보내기 위하여 주사기에 모유를 넣고 수액펌프를 이용하여 시간

당 2~3cc를 공급하기도 합니다. 다음 수유 때가 되면 직전 먹인 모유가 위에 얼마나 잔류하고 있는지를 확인하고 위가 비어 있어야 다음 수유를 시작하지요."

마지막으로 "신생아 집중치료 시에 보호자들이 너무 쉽게 집중치료를 포기하는 예가 많다"고 말씀을 드렸다.

"이렇게 세심하면서도 극단의 첨단 치료도 보호자가 허락하여야 계속할 수 있지 않겠습니까? 생존할 가망이 적다고 너무 쉽게 치료를 포기하는 경우 참으로 안타깝지요. 치료를 포기하는 원인 중에는 젊은 부부들에게는 치료 비용이 너무 힘겨워 포기하는 경우도 종종 있습니다. 국가에서 이런 치료 비용 대부분을 의료보험을 통하여 지원하였으면 좋겠습니다."

오랜 시간 동안 미숙아 집중치료의 개요를 설명해 드렸다. 면담하기로 예정된 간호사를 소개해 드리고자 신생아집중치료실로 모시려 했더니, "간호사 면담을 하지 않아도 되겠습니다" 하며 자리를 뜨는 것이었다. 내가 드린 설명으로 원하는 내용을 모두 얻었다고 생각하신 모양이었다.

며칠 후 이 인터뷰 내용이 〈강위석의 들으며 생각하며〉에 실린 것이다. 기사 중에는 강 논설위원께 말씀드렸던 나의 개인적인 신앙 고백도 같이 실렸다. 고백의 기사 내용은 이렇다.

"집중치료를 하다 보면 자괴감이 들 때가 많습니다. 내 말 한마디 한마디에 따라 어떤 아이는 부모가 살리겠다는 결정을 하기도 하고, 치료를 중단하고 퇴원 결정을 하여 결국에는 미숙아가 사망합니다. 그리고 같은 치료를 했는데도 어떤 아이는 정상아가 되고, 어떤 아기는 후유증이 남습니다. 생명에 대한 두려움과 나 자신의 무력함을 놓고 종종 고민에 빠집니다." 이 박사는 이 말을 하다 서랍 속에서 종이쪽지를 찾아 나에게 건네준다. 지금부터 약 3천 년 전의 이스라엘의 왕이자 시인인 다윗의 시구가 구약성서 시편 127편 1절에 적혀 있다. "여호와께서 집을 세우지 않으시면 세우는 자의 수고가 헛되며, 여호와께서 성을 지키지 않으시면 파수꾼의 경성함이 허사로다."

인큐베이터 안에서 치료받는 미숙아에게는 인공호흡기와 산소관, 제대동맥에 삽입한 영양주사관, 심전도 및 산소분압 측정용 연결줄, 그리고 위에 넣은 수유관까지 수많은 줄과 관들이 달려 있다. 심장박동수, 산소포화도, 그리고 혈압을 측정하는 감시장치들에서는 쉬지 않고 순간순간의 데이터들이 표시되고, 위험한 상태가 되면 경고음이 울린다. 심지어 수유용 관이 막혀도 펌프에서 경고음이 울린다. 하루 종일 미숙아에 부착된 많은 감시장치가 쉬지 않고 경보음을 울려 댄다. 그야말로 많은 파수

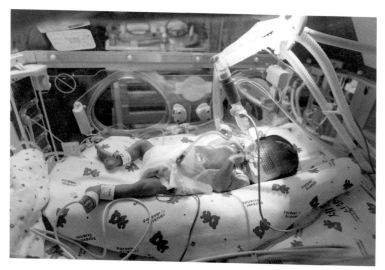
인큐베이터 안에서 치료 열심히 받고 있어요

꾼이 24시간 내내 깨어 아기 상태를 감시하고 있다.

미숙아 부모들과 면담을 하다 보면 '내가 무엇이관데! 도대체 내가 무엇이관데 내 말 한마디에 미숙아의 치료가 계속되고, 때로는 부모가 치료를 포기하게 만드는가? 이렇게 내 말 때문에 한 생명의 목숨이 왔다 갔다 할 수가 있는 것인가?' 하는 깊은 고민에 빠진다. 그리고 미숙아의 생명을 살리기 위하여 현대의학으로서 할 수 있는 최선을 다하지만, 치료 결과는 아기마다 다르다. 같은 치료를 하였음에도 불구하고 어떤 아기는 살고, 어떤 아기는 부모 품에 돌아가지 못한다. 생존한 아기도 정상적인 삶을 사는 아기가 있는가 하면, 어떤 아기는 몸의 어느 장기에 미숙아로 태어난 흔적이 남아 장애를 겪기도 한다. 심각한 장애도 있고 가벼운 어려움도 있다.

창조주 하나님께서 왜 어린 생명을 이 땅에 보내시고 몇 시간, 며칠 만에 다시 데려가시는지 오랫동안 의문에 답을 찾기가 어려웠다. 같은 치료를 해도 왜 누구는 살고 누구는 살지 못하는지 많은 고뇌와 의문에 싸인 나에게 위로를 주시고 의지하는 성경 말씀이 바로 "여호와께서 성을 지키지 않으시면 파수꾼의 경성_{깨어있음}함이 허사로다"였다. 수많은 첨단 감시장치를 달고 최선의 치료를 하여도, 미숙아들 생사의 주관자는 하나님이시다.

만년 적자 탈출기

"신생아집중치료실에 인큐베이터가 부족합니다. 인큐베이터 추가 구매가 되지 않으면 고위험 산모를 입원시킬 수 없습니다."

"신생아집중치료실 적자가 너무 심해서 추가 인큐베이터 구입이 어렵습니다."

인큐베이터 증설을 요구하는 소아과장과 병원 기획실장의 대화 내용이다. 이런 대화는 한두 해가 아니고 수년간 계속되었다.

과거 신생아집중치료실에 투자를 거의 못 하던 시절이 있었다. 원가분석을 보면 인큐베이터 한 대당 연간 5천만 원 정도 적자였다. 신생아집중치료실에 인큐베이터 20대만 보유하고 있으면 1년에 10억 원의 적자가 나는 것이다. 이런 상황이니 병원 경영진은 인큐베이터 추가 구입은 물론 신생아집중치료실 신생아 진료 의사와 간호사 신규 채용도 꺼리게 된다. 집중치료실을 확장할수록 적자가 눈덩이처럼 불어나기 때문이다.

적자를 이유로 신생아집중치료실을 폐쇄할 수는 없다. 대학병원 산부인과의 사명은 개원 의원이나 외부 병원으로부터 전원되는 고위험 산모를 입원시켜 치료하는 것이다. 신생아집중치료실을 폐쇄하면 고위험 산모를 입원시킬 수 없다. 개원 산부인과에서 미숙아 분만이 예상되거나, 태아 상태가 위험하면 대학병원으로 산모를 보낸다. 이때 산부인과 병동에 산모 병실의 여유가 있느냐 없느냐부터 확인하지 않는다. 오히려 신생아집중치료실에 미숙아가 입원할 인큐베이터가 확보되어 있는지, 인공호흡기의 여유가 있는지를 먼저 확인한다. 신생아집중치료실에 인큐베이터 여유가 없으면 외부 병원에서 고위험 산모를 보내지 않는다.

과거와 달리 개원 산부인과에서는 당장 분만이 이루어지는 응급상황이 아니라면 미숙아 분만을 꺼린다. 미숙아가 분만되면 치료를 할 수 없기 때문에 이동용 인큐베이터에 실어 미숙아를 대학병원으로 보내야 하기 때문이다. 이송 도중 미숙아가 받을 저산소증, 저체온 등 여러 종류의 손상이 걱정스럽다. 이때 산부인과 원장은 미숙아 분만 전 산모 이송을 택한다. 대학병원에서는 고위험 산모의 안전한 분만과 미숙아를 살리기 위하여 신생아집중치료실을 유지시켜야 한다.

전 국민의 건강을 책임진 대학병원은 흑자와 적자의 기준으로 진료 분야를 개설하거나 폐쇄하여서는 안 된다. 그러나 대규모 적자를 보이는 분야에 적극적 투자를 하기도 어렵다. 그러니 대부분의 대학병원 신생아집중치료실은 명맥만 유지하도록 최소로 운영될 수밖에 없었다. 전국의 신생아집중치료실 인큐베이터는 항상 부족한 상태였다. 특히 지방에서 인큐베이터 부족이 심각하였다. 심지어는 부산에서 고위험 산모의 분만이 예정되는데 부산 지역의 신생아집중치료실에는 미숙아를 입원시킬 인큐베이터 여유가 한 대도 없는 때도 있었다. 당직 산부인과 의사는 그때부터 전국적으로 입원 가능한 인큐베이터를 찾기 시작한다. 결국에는 서울의 대학병원에서 입원 자리를 찾아내고 산모를 구급차에 태워 서울로 보낸 일도 있었다.

인큐베이터 부족 현상은 서울의 대학병원에서도 일어났다. 세브란스병원에 입원 중인 고위험 산모가 응급으로 미숙아 분만을 하게 될 때, 세브란스병원 신생아집중치료실에 여유 인큐베이터가 없을 경우 다른 대학병원 사정들을 알아보기 시작한다. 미숙아 입원 자리가 있는 병원이 수배되면 세브란스병원에 입원하고 있던 산모를 다른 대학병원으로 전원하는 일까지 있었다.

세브란스병원의 경우 통상적으로는 신생아집중치료실 자체에서 인큐베이터 부족을 해결한다. 만일 날이 밝아 오면서 다음 날 아침에 인큐베이터에서 나올 예정인 아기가 있으면, 반나절 정도 일찍 인큐베이터에서 나오게 하여 밤중에 분만되는 미숙아 인큐베이터 자리를 마련하는 것이다. 이런 과정에서 집중치료실 간호사들의 반대가 심하다. 당장 근무하는 간호사 인력의 능력 이상으로 미숙아를 입원시키면 적절한 간호가 불가능하기 때문이다. 특히 신생아집중치료실 병상이 모두 차 있을 때, 병상 정원 이상 추가로 미숙아를 입원시킬 때가 정말 어려운 상황이 된다. 이런 위급한 상황은 주로 야간에 일어난다. 신생아실 당직 의사는 미숙아 분만을 시키겠다는 산부인과 당직 의사의 압력과 입원을 꺼리는 신생아집중치료실 간호사 사이에서 곤욕을 치른다.

우리나라의 전국적인 인큐베이터 부족 사태는 전적으로 건강보험 수가 때문이다. 10여 년 전까지만 하여도 원가에도 한참 못 미치는 건강보험 수가 때문에, 장기간 사용 후 폐기하는 인큐베이터조차 보충하기가 어려웠다. 물론 인큐베이터 증설을 해줄 수 없는 병원 경영자도 안타까워하겠지만, 진료 현장의 신생아 미숙아 관련 의사들이 더 큰 고통을 겪었다. 이렇게 인큐베이터 부족으로 미숙아 진료에 차질을 빚자 언론에서도 관심을 가지고 보도하기 시작하였다. 사회적 관심이 높아지면서 몇 차례 조금씩 신생아집중치료실 관련 건강보험 수가 인상이 이루어졌다.

미국에는 모든 도시마다 미숙아 진료를 위한 지역 신생아 집중치료센터를 가지고 있다. 신생아 집중치료에 충분한 진료 수가를 지불한다. 충분한 수가 덕분에 여유 있게 인큐베이터와 진료 인력을 확보한다. 미국에서는 아무리 지방도시라 하여도 인큐베이터 부족으로 산모를 인근 도시로 이동시키는 일은 일어나지 않는다. 그리고 미국 브라운대학 우먼앤드인펀츠병원의 신생아과 교수들은 1년에 절반 정도만 집중치료실 현장에서 진료에 책임을 지고, 나머지 절반은 연구실에서 논문을 쓰고 실험을 한다. 미국 연수 당시 이런 환경에서 일하는 미국 대학 교수들이 참으로 부러웠다.

우리나라도 신생아집중치료실 관련 건강보험 수가 인상으로 신생아집중치료실에 병원들의 투자가 이루어지기 시작하였다. 신생아집중치료실에 필요한 의사와 간호사 인력이 증원되고, 인큐베이터와 미숙아용 인공호흡기 구입이 이루어졌다. 그러나 인큐베이터 증설이 되고 간호사가 증원되어도 신생아 집중치료를 전공하려는 소아과 의사가 부족하다. 응급환자가 많고 의료분쟁에 휘말릴 가능성이 높은 분야이기 때문이다.

최근 대학병원마다 소아과 전공의 지원이 급감하여 교수들이 신생아집중치료실 당직까지 서는 어려운 사태가 발생하였다. 아기를 사랑하는 젊은 예비 의사들이 아무리 소아과를 지원하고 싶어도, 교수까지 당직을 서는 상황을 보고 누가 선뜻 결심할 수 있겠는가? 그러나 응급환자 없고 사망진단서 작성하지 않는 진료과들은 지원자가 넘쳐 나서 전공의 시험 재수까지 마다하지 않는 현실이다. 이런 의사 인력 배치 불균형이 해소되어 신생아와 미숙아를 살리는 의사들이 많아졌으면 좋겠다.

"퇴원을 허락할 수 없습니다"

30년이 훌쩍 넘은 1980년대의 이야기다. 산모는 산후조리를 하기 때문에, 신생아집중치료실 입원 초기의 아기 면담은 주로 아기 아버지와 진행한다. 간혹 할아버지나 할머니가 대신 면회를 오기도 한다. 할아버지에게 미숙아의 의학적 상태와 치료 경과를 자세하게 설명해 드린다. 그러면 그 후 이어지는 질문이 "아기가 살 가망성이 있습니까?"다. 생존 가능성에 대하여 긍정적인 답을 들으면 그다음 질문이 "살아나도 사람 구실 못 할 가능성이 크지요?"로 이어진다. 할아버지의 표정은 면담 내내 어둡다.

면담 며칠 후 할아버지만 다시 찾아오신다.

"아기의 치료를 중단시켜 주십시오."

그때부터 퇴원을 반대하는 의사와 할아버지 간의 오랜 논쟁이 진행된다. 결국 할아버지 입에서 이런 말씀들이 나온다.

"부모가 젊으니 아기는 또 낳으면 되지요."

"장애가 생기면 키우기 어려운데 선생님이 키우시렵니까?"

이 정도까지 대화가 이르면 더 이상 퇴원을 막기가 어려워진다. 할 수 없이 퇴원 명령을 내리고 할아버지가 퇴원요청서에 사인한다. 그간 치료를 담당하던 간호사는 생명을 살리기 위한 치료에 필요하였던 여러 장치들을 아기 몸에서 하나하나 제거한다. 그간 정들었던 담당 간호사의 마음은 찢어질 듯 아프다.

아기를 곱게 포대기에 싸서 할아버지께 드린다. 그다음에 놀라운 광경이 벌어진다. 할아버지는 조그마한 여행가방을 준비해 와서 지퍼를 열고 가방 안으로 아기를 넣는다. 그리고 지퍼를 닫고 신생아집중치료실을 떠난다. 그간 부서질 것 같은 작은 생명을 살려 보려고 정성을 다해 치료를 담당하였던 의사와 간호사들의 마음은 비통하다. 의료진은 아기를 입양해서 키울 수도 없고 치료비를 대납할 능력도 없지만, 치료를 중단한 아기의 운명이 어떻게 될 것을 충분히 예상하기 때문에 더욱 안쓰럽고 비참해진다.

아마도 아버지 어머니도 치료를 중단하여 달라는 요청을 하고 싶으나, 차마 입이 떨어지지 않으니 할아버지가 대신 총대를 메신 것 같다. 할머니도 역시 여성이라 모성애 때문에 잘 나서지를 않을 것이다. 그 당시 1980년대만 해도 '존엄사'나 '무의미한 생명 연장' 같은 생명 존중에 대한 사회적 이슈가 전무하던 시절이다.

이렇게 의사의 만류에도 불구하고 보호자가 원하여 미숙아 치료를 중단하는 일이 오랫동안 의료현장에서 계속됐다. 1997년, 이른바 '보라매병원 사건'이 일어났다. 뇌출혈로 수술한 환자의 부인이 치료 중단을 요구하여 퇴원하였는데 환자는 퇴원 후 곧 사망했다. 환자의 동생이 의료진을 살인죄로 고발한다. 대법원은 환자 부인에게는 살인죄를, 환자를 퇴원시킨 의료진에게는 살인방조죄를 판결했다.

그 후부터 모든 의사들은 아무리 환자 보호자가 의사의 뜻과 달리 치료를 중단하고 입원환자의 퇴원을 요구하여도 퇴원을 거부하게 된다. 아무리 회복이 불가능하고 무의미하게 생명 연장을 하던 환자라 해도 어느 의사가 살인방조죄를 뒤집어쓰면서까지 퇴원을 시키겠는가? 그때부터 신생아집중치료실에서도 어떤 할아버지가 와서 치료 중단을 요구하여도 치료받던 아기의 퇴원을 허락하지 않게 되었다.

2008년 세브란스병원에서 '김 할머니 사건'이 일어날 때까지,

생존 가망성이 없는 무의미한 연명치료가 전국의 병원에서 계속되었다.

당시 김 할머니의 가족은 법원에 무의미한 연명치료 중지를 요구하는 소송을 제기하였다. 환자의 자기결정권과 행복추구권이 침해당했다고 헌법소원도 냈다. 2009년, 대법원은 김 할머니의 자기결정권을 존중해 연명치료 중지를 판결하였다. 이 중지 판례는 환자의 상태가 악화하여 연명치료가 무의미하고, 환자도 무의미한 연명치료를 거부할 의사가 있었다고 추정되는 경우로 제한적으로 적용되었다. 그러나 사실상 존엄사를 인정한 첫 판례라는 의의를 가지고 있다.

김 할머니는 평소 연명치료를 원치 않는다는 의사를 보였기에 자기결정권을 존중할 수 있었다. 그러나 신생아들은 자기 의사를 표현하지도 못하고 아기 본인의 의사를 알 방법도 없다. 간혹 보호자가 살릴 수 있는 아기의 치료를 포기하기를 원할 때가 있다. 이런 경우 의료진과 사회 여러 인사가 참여하는 병원 윤리위원회가 소집된다. 위원회에서 치료를 계속할지, 중단할지 여부를 결정한다.

1980년대처럼 아무리 할아버지가 오셔서 충분히 살릴 수 있는 미숙아의 치료 중단을 요구하여도, 제삼자의 객관적 판단에 의하여 치료를 계속할 수 있는 제도적 장치가 마련되었다. 할아버지가 신생아 미숙아 진료의 적이 될 수 없는 세상이 된 것이다.

방방곡곡 아기 울음을 듣기 위한
현실적 대책

길을 가다가 자녀 셋과 같이 가는 부모를 발견합니다. 아들은 아빠 손을, 딸은 엄마 손을, 그리고 또 다른 아기가 유모차 안에 있습니다. 순간 '아! 저분들이야말로 진짜 애국자구나'라는 생각이 듭니다. 요사이 친구들과 만나면 결혼시킨 자녀들이 아기를 하나만 낳고 그만 낳든지, 아예 한 명의 아기도 갖지 않으려 한다고 한탄을 하는 것을 자주 봅니다.

전기자동차 테슬라의 최고경영자인 일론 머스크는 한국이 홍콩과 함께 세계에서 가장 빠른 인구 붕괴를 겪고 있다고 경고합니다. 출산율이 변하지 않으면 3세대 안에 우리나라 인구가 300만 명대로 감소할 수 있다 합니다. 세계에 자동차를 팔기 위하여 미래 인구 수에 큰 관심을 가지는 일론 머스크가 걱정할 정도로 우리나라 저출산 문제는 심각합니다.

2020년부터 우리나라 인구가 감소하기 시작하였습니다. 사망자 수가 신생아 수보다 3만 2천 명이 더 많아 2021년에는 5만

7천 명의 인구가 줄었습니다. 인구 감소가 눈앞에 현실로 나타남에도 불구하고 정작 우리나라 국민들은 무감각합니다. 대한민국이 장차 지구상에서 가장 먼저 사라질 운명에 처한 나라 중의 하나가 되어 버렸는데도 말입니다.

50년 전 1971년에 우리나라 출생아 수가 102만 명이었습니다. 2020년 출생아 수는 27만 명입니다. 신생아가 50년 전보다 1/4로 줄었습니다. 국가 인구 통계가 시작된 1971년 출산율이 4.53명이었습니다. 2022년에는 출산율이 0.7명으로 예상됩니다. OECD 출산율 1.61명의 절반으로 세계에서 가장 아기를 낳지 않는 나라가 되어 버렸습니다.

우리나라 정부는 인구를 늘려 보려고 380조 원이나 되는 예산을 사용하였습니다. 천문학적인 엄청난 돈을 써도 밑 빠진 독에 물 붓기입니다. 왜 그럴까요? 전혀 엉뚱한 곳에 돈을 쓴 것이지요. 제주도 둘레길을 걷다 보면 '모유수유처'란 곳을 발견합니다. 아마 이곳도 저출산 예산이 쓰인 곳이 아닐까요? 물론 가장 많은 나랏돈이 맞춤형 돌봄 확대에도 쓰였고, 교육 개혁과 청년 일자리와 주거 대책 강화에 예산이 투입되었습니다. 그러나 저출산이 해결되지 않는 것을 보면 분명하게 나랏돈이 잘못 쓰였다고 생각되지 않습니까?

우선 결혼을 하여야 아기가 태어납니다. "하늘을 보아야 별을 따지요." 요사이 주위의 젊은이들을 보면 시집 장가갈 생각들이 없나 봅니다. 미혼 청년들에게 직장을 만들어 주면 결혼을 하리라고 생각합니다. 그래서 '교육과 고용과의 연결고리 강화', '청년 해외취업 지원', 심지어는 '대학 인문 역량 강화', '자유학기제', 'SW 전문인력 강화' 같은 곳에도 저출산 예산이 쓰였습니다. 이런 사업에 예산을 쓰면서도, 사업 목적에는 '저출산'이란 단어는 찾아볼 수가 없습니다.

결혼을 시키기 위하여 청년 취업 같은 저출산과 직접적 연관성이 없는 정책에 전체 예산의 절반 정도가 사용되고 있습니다. '일과 가정 양립 사각지대 해소' 같은 실질적 분야에는 가장 적은 예산이 배정되었습니다. 아기를 기르는 가정에게 아기 돌봄을 위한 많은 예산이 지출되고 있습니다. 그러나 예산 지원 방식이 잘못되었습니다. 지금처럼 아이를 낳으면 생후 24개월까지 현금 30만 원을 주는 현금 지급식 퍼주기 저출산 대책으로는 아이를 낳지 않습니다. 이미 저출산을 해결한 많은 나라에서 퍼주기식 가족수당 같은 현금 살포 정책은 저출산 해결에 도움이 되지 않는다는 보고가 많습니다.

우리나라가 지구상에서 제일 먼저 소멸되는 나라가 되지 않기 위하여 우리 사회가 최우선으로 해야 할 일은 무조건 아기를 많이 낳게 하여야 합니다. 이를 위하여 시도되는 새로운 정책이 불공평하고 과격하여도, 직접 나에게 심각한 손해가 닥쳐 와도, 우리 사회가 함께 짊어지고 힘을 모아야 할 난제 중의 난제입니다. 난제를 해결할 나 나름대로의 세 가지 대책을 제시하렵니다.

첫째, 우리나라 젊은이들은 결혼에도 큰 관심이 없지만, 부부가 되어도 왜 아기를 낳으려 하지 않을까요? 이유를 알면 해답이 나옵니다. 우선 아기 갖기를 기피하는 원인 중에 가장 큰 것이 자녀 교육 문제 같습니다. 유치원 때 시작된 아동학대에 가까운 뺑뺑이 학원 돌리기가 고3까지 이어지고 그 최종 목표는 SKY 대학 입학입니다. 입학을 위한 엄청난 사교육비도 문제거니와 사교육에 적당한 곳을 찾아 이사까지 해야 하는 현실이 두려운 것이지요. 사교육비 지출 때문에, 자녀가 고등학교 3학년이 되면 각 가정의 소비활동과 사회활동이 중단됩니다. 모든 가정에서 허리가 휠 정도로 지출되는 막대한 과외 비용이 나라 경제에도 악영향을 미칩니다.

'자녀를 3명 이상 가진 가정에게는 원하는 대학 입학 자격을 주면 어떨까?' '4명의 자녀가 있다면 4명 전원에게 대학 장학금까지 주면 어떨까?' 생각도 해봅니다. 주위에 중학생, 고등학생 두 자녀를 둔 조카에게 이런 이야기를 하니 지금 당장이라도 아기 하나를 더 낳겠답니다. 얼마나 두 자녀의 입시를 위한 고통이 심각하면 이런 반응을 보이겠습니까? 그러나 원하는 대학에 입학은 자유롭게 한다 하여도 전제조건이 있습니다. 대학에서 졸업정원제를 강력하게 실시하여야 합니다. 일부 대학에 입학 쏠림이 나타나겠지만 강력한 졸업생의 통제는 마구잡이 입학을 억제할 것입니다. 졸업을 하기 위하여 성인이 된 대학생 본인이 치열하게 경쟁할 것입니다. 이렇게 다자녀 가정에 대학 입학 혜택을 주는 불공평에 배가 아프면, 자신들이 자녀를 많이 낳으면 되지요.

지금까지 전교조의 허망한 이상은 학교 공교육을 철저하게 붕괴시켰고 입시지옥은 여전히 살아남아 있습니다. 교육 소비자의 현실적 욕구를 무시한 결과입니다. 그동안 실패한 전교조의 하향평준화 교육과 사회주의적 이념 주입 교육을 끝을 내야 합니다. 낮에 학교에서 잠을 자고, 공부는 밤 새워 사교육인 학원에서 하게 하는 현장을 좀 보십시오. 이런 학습태도가 습관이 되어 심지어는 의과대학 강의시간에도 많은 학생들이 잠을 잡니다.

학교 공교육과 학원의 사교육을 이렇게 분리할 것이 아니라 통합시켜야 합니다. 학교에서 학생과 부모들 교육 소비자가 원하는 교육을 모두 제공하게 하여야 합니다. 모든 학생에게 교육의 기회는 평등하게 제공하지만, 결과는 개인의 능력에 따라 다름을 인정해야 합니다. 탁월한 학원 강사들의 강의가 학교 교육 현장에 도입되고, 때로는 학교 교사들이 학원 강사의 영상수업에 대한 보충 지도도 하게 하여야 합니다. 이렇게 되면 교육 소비자가 원하는 모든 학원 교육이 공교육으로 진입되면서 개인별 맞춤교육이 시작될 것입니다. 학원은 자연스럽게 소멸될 것입니다. 미국에서는 이미 탁월한 외부 강사의 강의를 내부 교육이 활용하는 무크MOOC, Massive Open Online Course가 활성화되어 있습니다. 지금까지 매너리즘에 빠져 구태의연한 반복적 수업에서 벗어나지 못했던 학교 교사들의 변화에 대한 저항이 엄청나겠지만, 지구에서 대한민국이 소멸되는 비상사태인데 협조해야죠.

학교 교육은 물론 어린이집, 유치원 같은 탁아제도에도 공공분야와 민간분야의 통합을 검토하여야 합니다. 많은 부모들이 국공립 어린이집에 아기를 보내고 싶어 합니다. 그러나 국공립 어린이집은 턱없이 부족합니다. 교회, 절, 성당 같은 종교단체나 기업이 후원하는 비영리법인 등도 적극적으로 어린이집 운영에 참여할 수 있도록 제도가 바뀌어야 합니다. 이익을 추구하여 존립할 수밖에 없어, 진입 장벽을 쳤던 사립 어린이집 운영주체들의 반발도 엄청날 것입니다.

공교육과 사교육을 학교 교육으로 통합하는 방법이 황당하게 들릴 수도 있습니다. 학원과 탁아 운영의 민간 주체는 반발하겠지요. 그러나 이미 우리나라에는 정부 예산을 사용하지도 않으면서, 정부가 입법을 통하여 민간이 투자한 인프라를 차출하여, 세계가 닮고 싶어 하는 분야를 오래전부터 가지고 있습니다. 바로 세계적 최상의 치료 성적을 내면서, 미국 의료보다 가성비가 높은 병원진료 분야입니다. 미국의 오바마 대통령도 부러워했던 세계 최고의 진료를 국민들에게 주고 있습니다. 병원진료 분야의 사회주의적 성공 방식을 도입하여 부모들을 자녀교육에 대한 염려에서 해방시키십시오.

건강보험법처럼 공교육과 사교육을 통합하는 새로운 교육법을 만드십시오. 교육의 통합은 사회주의적이지만, 교육현장은 자유민주적으로 경쟁을 허용하는 운영의 묘를 살립니다. 건강보험법을 제정하여 민간병원과 공공병원을 건강보험제도 안으로 진료를 통합할 때, 사립병원 의사들은 정부 시책에 반대하지 않았습니다. 국공립 학교는 국공립 병원으로, 과외 학원들은 민간 사립병원으로 대체하여 생각하는 발상의 전환이 필요합니다.

보건복지부 예산의 90% 정도가 퍼주기식 복지 분야로 사용됩니다. 국민의 보건과 건강을 위한 예산은 10%도 되지 않는 쥐꼬리 예산입니다. 그래서 건강보험제도는 정부는 적은 예산을 쓰면서 민간병원을 차출하고, 국민이 지출한 건강보험료에 젓가락만 얹었다는 비난을 받습니다. 그러나 교육제도 개혁은 저출산으로 쓰이는 막대한 예산을 사용하면 각 가정에서 건강보험료 같은 지출 없이도 가능합니다. 대단히 과격한 방법 같지만 지금 이 순간도 대한민국의 소멸은 진행 중에 있음을 기억하여야 합니다.

둘째, 낙태로 사라지는 생명이 태어나는 아기 숫자보다 많습니다. 낙태가 사라지면 출생률이 두 배 정도 증가하여 저출산의 걱정이 없어집니다. 왜 낙태가 이리 많아지는 것일까요? 잘못된 성교육과 미혼모에 대한 그릇된 사회 인식 때문이라고 생각됩니다.

낙태를 정당화하려는 잘못된 단어가 '자기결정권'입니다. 여성의 맹장은 몸의 일부이기 때문에 '자기'이며 '자기결정권'에 의하여 맹장염에 걸리면 수술로 소멸이 가능합니다. 그러나 태아는 다릅니다. 여성의 '자기'에 속하지 않습니다. 태아의 몸에는 '자기'인 여성의 유전자만 있는 것이 아니라, 상대방 남성의 유전자가 절반을 차지하고 있습니다. 태아의 절반만 '자기'라고 부를 수 있습니다. 태아는 독립된 생명체로서 '태아의 자기결정권'을 가지고 있습니다. 태아가 여성의 '자기'라면 태아는 엄마와 동일한 모습으로 태어나야 합니다. 그러나 아기는 엄마와 전혀 다른 모습, 그리고 남자아이로도 태어납니다. 그리고 어머니의 혈액형과 태아의 혈액형은 다릅니다. 태아를 '자기'라고 부르지 마십시오. 태아가 여성의 부속물도 아니고, 태아는 '자기결정권'을 가진 별개의 '자기'입니다.

낙태를 쉽게 생각하는 또 하나의 이유가 잘못된 성교육에서 비롯됩니다. 창조주는 인류를 소멸하지 않게 하기 위하여 성행위에 쾌락이라는 부수적 선물을 주셨습니다. 종족보존이라는 원래 목적을 달성하기 위한 성행위가 쾌락이 목표가 되어 주객이 전도되었습니다. 그 결과 성교육에서는 자위, 피임, 낙태가 중요시됩니다. 성행위의 목적이 쾌락이 아니라 인류의 번식을 위한 것이라는 기본 교육은 소홀하게 취급합니다. 남녀의 만남이 일과성의 쾌락을 위해서가 아니라, 사랑으로 맺어져 한 가정을 이루고 자녀를 낳아, 그 가문의 대를 이어 가는 거룩한 행위라는 것을 가르쳐야 됩니다.

왜 남성과 여성이 결혼을 해야 하는지를 분명하게 알려야 합니다. 여성과 여성 그리고 남성과 남성이 부부가 되면, 그 가정에서는 자녀가 태어날 수 없습니다. 대한민국이 지구상에서 소멸되지 않으려면 소수인권 같은 문제는 사회적 우선순위에서 뒤로 물러나야 합니다. 방방곡곡 아기 울음소리가, 성소수자의 서울시청 광장 퀴어축제 소음보다 비교할 수 없을 만큼 소중합니다.

낙태가 줄어들려면 미혼모 출산에 대한 사회의 인식도 변화되어야 합니다. 미혼모가 출산한 아기를 키울 수 있는 사회적 여건이 되지 않기 때문에 '베이비박스baby box' 같은 곳에 몰래 아기를 두고 가 버립니다. 베이비박스를 운영하는 기관에는 아기들이 넘쳐 납니다. 수용인원을 초과해도 입양을 시키기가 어렵습니다. 아기 인권을 보호한답시고 부모 모두의 호적에 아기 호적이 올라야 입양이 가능하였습니다. 아기 아버지는 아기가 태어난 후 사라져 버렸는데 말입니다. 관련 사회단체들의 노력으로 아기를 어머니 호적에만 올리는 것이 가능하도록 법이 바뀌었지만, 어머니는 기혼으로 호적이 정리되니 새로운 배우자와 결혼도 어려워집니다. 입양을 원하는 가정도 까다로운 조건이 있습니다. 입양을 원하는 부모가 자기 집이 있어야 입양이 가능합니다. 전세를 살면 입양할 수가 없습니다. 현실을 무시하고 입으로만 아동 인권을 강조하는 국회의원들의 탁상 입법과 행정기관의 규제가 만든 결과로 해외 입양보다 국내 입양이 더 어려운 현실입니다.

미혼모들이 포기한 아기들이 해외에 입양되어 훌륭한 성인이 되는 실례들이 너무 많습니다. 프랑스에서는 우리나라 해외 입양아들 중에서 여러 명이 장관이 되고 미국에서는 유명한 운동선수, 스타 셰프들이 탄생합니다. 우리나라 국민들에게는 천부적으로 높은 지능과 창조적 잠재력이 있습니다. 미혼모의 아기들이 해외 입양이 아니라 국내에서 잘 교육받아서, 대한민국 국민으로서 이 나라를 세계 최고의 국가로 만드는 데 기여를 하게 하면 좋겠습니다.

셋째, 저출산을 해결하는 또 하나의 방법은 미숙아처럼 이미 태어난 신생아를 잘 살리는 것입니다. 태어난 미숙아 신생아를 살리려면 가장 효과적인 방법이 미숙아 신생아 진료 관련 보험 수가의 대폭 개선입니다. 인큐베이터 구입도 지원하고 신생아 진료 관련 의료진의 대우도 개선되어야 합니다. 우리나라 건강 보험 재정의 파이는 일정합니다. 일정한 재원에서 신생아 관련 보험수가를 올리려면 다른 진료 분야 수가를 그만큼 깎아야 합니다. 현실적으로 저항이 너무 큽니다. 건강보험 재정이 아닌 다른 재정에서 신생아 진료 지원이 추가되어야 합니다. 전매 세 수인 담배에서 걷어들이는 세금이나, 복권에서 얻은 재원도 사용되어야 합니다. 건강보험 재정이 아닌 다른 재원을 사용하여야 신생아가 살아납니다.

저출산 해소를 위한 국가 예산 편성 시에 컨트롤타워가 있어야 합니다. 실질적이고 역사적인 예가 케네디 대통령의 거시적 신생아 살리기 예산 편성이었습니다. 1963년, 미국 케네디 대통령의 막내아들이 미숙아로 태어나 39시간 만에 사망합니다. 케네디 대통령은 당시 2억 5천만 달러, 지금 돈으로 환산하면 약 20억 달러의 신생아학 발달을 위한 연구비를 승인합니다. 천문학적 연구비는 '신생아학neonatology, newborn medicine'이란 학문이 시작되도록 하여, 신생아 진료가 비약적으로 발전됨에 따라 죽어 가던 신생아들이 살아나기 시작합니다. 결과적으로 케네디 대통령 아들의 비극적 죽음으로 인하여, 전 세계의 수백만 미숙아와 신생아를 살리는 기적이 일어납니다.

우리 의료계도 미국 국가연구비의 큰 혜택을 받았습니다. 많은 소아 진료 관련 의사들이 미국 병원들에서 어린이를 살리는 최첨단 치료를 연구하고 연수를 받았습니다. 이때 아쉬운 것은 이러한 미국 병원 연수 비용이 국가의 예산 지원 없이 각 병원의 자체 지원으로 이루어졌다는 점입니다. 저도 병원의 지원과 살던 집 전세 놓은 돈으로 미국 유학을 하였습니다. 이러한 민간병원들의 노력으로 인하여, 우리나라 사회에서 '자식 낳으면 반타작'이란 말들이 사라지게 되었습니다.

신생아가 태어나서 처음 경험하는 바이러스가 설사를 일으키는 로타바이러스입니다. 실제로 설사를 하다가 사망하는 아기들도 있습니다. 그러나 로타바이러스 예방접종은 국가가 지원하는 기본 예방접종에서 빠져 있습니다. 자그마한 일 같지만 여성 국회의원이 로타바이러스를 국가 기본 예방접종에 넣어 예산으로 지원하자는 입법을 내고 있습니다. 여성가족부나 보건복지부가 먼저 이런 일을 해야 하지 않겠습니까? 현장에서 아기를 낳도록 필요한 예산이 무엇인가를 찾아야 합니다. 사무실에 앉아서는 실제적으로 필요한 대책은 알지도 못하고, 알려고 하지도 않는 것 같습니다.

한덕수 총리의 국정철학은 '우문현답'입니다. "우리의 문제는 현장에 답이 있다." 현장을 모르고 책상에 앉아서 머리에서만 그려 내는 예산 편성은 실제적인 효과가 없습니다. 포퓰리즘적 탁상행정, 특히 보여주기나 득표를 위한 퍼주기식 입법이 사라지기를 기대합니다. 지금까지의 저출산 대책들이 그대로 답습된다면 예산 낭비는 계속되고, 지구상에서 대한민국이 소멸될 날도 멀지 않은 것 같습니다.

연한 파란 빛이 도는 까만 눈동자에 고운 물기가 젖은 아기의 눈. 아기의 눈을 보석이나 별 같이 찬란한 것에 비긴다는 것은 잘못입니다. 그리고 어떤 화가도 그 고운 빛을 색으로 나타낼 수는 없습니다. 아기는 눈을 감았다 떴다 하다가 그 작은 입을 벌리고 하품을 하기도 합니다.

(피천득 수필집《인연》에서 '서영이와 난영이')

신생아실이나 신생아집중치료실의 공기는 성인 입원실과 사뭇 다릅니다. 냄새도 다르고 사람 말소리 같은 소음도 없습니다. 조용하고 차분하고 따듯한 분위기입니다. 너무너무 사랑스러운 아기 천사들이 누워 있는 곳이기 때문이지요. 피천득 선생님 글처럼 회진하다가 하품을 하는 아기를 만나면 그 하품하는 모습이 너무 이쁩니다. 그리고 무엇에 만족했는지, 엄마를 만나는 꿈을 꾸는지 눈은 감고 방긋 웃는 모습을 보면, 한동안 그 자리에 서서 가만히 아기 얼굴을 응시하기도 합니다.

우리가 가난하던 시절 인구 대비 식량이 부족하였습니다. 정부는 인구 억제 정책으로 '둘만 낳아 잘 기르자'라는 구호를 내어 걸고 대대적 산아 제한 정책을 시행하였습니다. 한편으로 당시 어르신들은 '제 밥그릇은 제가 가지고 태어난다'라는 철학적 명언으로 반대를 하셨습니다. 생명의 탄생은 신비입니다. 이 세상에 자신이 원해서 태어난 사람은 한 사람도 없습니다. 창조주 하나님께서 태초부터 계획을 가지시고 한 생명을 이 세상으로 보내셨습니다.

섹스는 쾌락이 아니라 인류를 지구상에서 사라지지 않게 하려는 창조주의 선물입니다. 남성이 성행위 시 자궁 내로 쏟아내는 정액에는 살아서 움직이는 수억 마리의 정자가 있습니다. 사정 후에 셀 수 없이 많은 정자들은 자궁을 가로지릅니다. 난소에서 기다리고 있는 난자를 다른 정자들보다 먼저 만나 한 생명을 탄생시키기 위하여 필사적으로 달음질을 합니다. 마침내 한 마리 정자가 여성의 난자로 침입합니다. 바로 그때 난자는 더 이상 정자가 들어오지 못하게 문을 닫아 버립니다. 수정란이 된 것입니다. 수정란이 되면 자궁에 착상하기 위하여 오던 길을 돌아 다시 자궁으로 이동합니다. 자궁벽에 안전하게 착상한 새 생명은 태어날 때까지 10개월을 어머니와 동거 생활을 시작합니다.

난소에서 배란이 되는 시기가 가까워지면 여성의 성욕이 증가합니다. 남자로부터 정자를 받아 수정란을 만들기 위해서입니다. 즉 인간을 지구에서 지속가능한 생명체로 이어지게 하기 위한 것입니다. 그리고 배란일 즈음이면 자궁 내에서도 수정란의 착상을 위한 생리 변화가 일어납니다. 수정란이 잘 착상되도록 혈관이 자라면서 자궁벽이 부드럽게 부풀어 오릅니다. 정자와 난자가 만나지 못해 수정란이 만들어지지 못하면, 부풀어 올랐던 자궁벽이 허물어지면서 혈관이 노출되어 몸 밖으로 혈액을 흘려보냅니다. 이것이 여성만의 특권인 매달 반복되는 생리 현상입니다.

창조주께서 성행위 시 왜 엄청난 쾌락을 주셨을까요? 성행위의 쾌락은 유인책입니다. 생명 탄생을 위하여 하나님께서 부수적으로 주신 선물입니다. 정액이 맹물입니까? 아닙니다. 수억 마리의 정자가 살아 움직이는 생명액입니다. 매달 왜 생리일을 맞습니까? 새로운 생명체인 수정란 착상을 위해 준비하였던 자궁의 실패의 눈물이 생리혈입니다. 정액을 쏟을 때마다, 생리를 할 때마다, 인류가 멸망하지 않도록 새 생명을 탄생시키기 위한 창조주의 섭리를 기억하고 깨달아야 합니다.

태중에 있어도 세월이 흐르면 태아도 나이를 먹습니다. 음력 나이로는 태어나면서 이미 한 살이 됩니다. 음력은 우리 선조들의 생명 존중 사상을 잘 보여 줍니다. 태아도 수태 순간부터 생명입니다. 그리고 사랑받기 위해 이 세상에 태어납니다. 태어나면서 제 먹을 것은 가지고 나옵니다. 음력을 사용하였던 조상들의 지혜가 생명 경시 풍조가 만연한 지금 세상에서 더욱 새삼스럽게 다가옵니다.

저자 촬영 - 밴쿠버섬, 캐나다

인생은 나그네 길, 어디서 왔다가 어디로 가는가?

(최희준의 〈하숙생〉 중에서)

천지만물의 창조주 하나님을 믿는 크리스천들은 인생의 목표와 방향이 분명합니다. 인생은 하나님으로부터 와서from God, 하나님을 위해 살다가for God, 하나님께로 갑니다to God. 하나님께로 가는 죽음은 의학적으로 너무 간단합니다. 어떤 병을 앓든지 간에 우리 몸의 장기들이 제 할 일을 정지하면 바로 죽음이 옵니다. 멈추는 것은 복잡하지 않고 아주 단순합니다. 그러나 인생의 시작인 탄생은 전혀 다릅니다. 가르쳐 주지도 않았는데 스스로 숨을 쉬고, 젖을 빠는 것을 배우지 않아도 스스로 젖을 빨고 그리고 삼킵니다. 수많은 우리 몸의 장기들이 태어나자마자 각각 홀로서기를 시작하는 과정을 보면 실로 신묘막측합니다.

인생 나그네 행로에서 속도보다는 방향이 중요합니다. 화살같이 빨리 지나가는 인생에서 정신줄을 놓지 않고, 가야 할 곳을 찾아야 합니다. 그리고 어디로 가는지 방향을 아는 것도 중요하지만, 그보다도 먼저 인생의 시작을 알아야 합니다.

우리 모두는 태아였습니다. 태아는 여성과 남성 두 몸이 한몸이 될 때 시작된 사랑의 결실입니다. 태아였던 내가 어머니 자궁 내에서 하나의 물방울처럼 흡입되어 없어지거나, 수술가

위와 집게로 산산조각으로 분해되어 배출된다는 상상을 한번 해보세요. 함부로 자기결정권이라는 단순한 논리로 낙태를 찬성할 수가 없습니다. 우리나라처럼 지구상에서 소멸될 위기에 처한 상황에서는 태아가 살아야 저출산 문제도 해결됩니다. 낙태가 없어져야 대한민국이 지구상에 계속 존재할 것입니다.

유홍준 전 문화재청장의 전매특허 감탄사는 '인생도처유상수 人生到處有上手'입니다. 살다 보면 여러 곳人生到處에서 생각지도 못했던 상수上手를 만나거나 신기한 것을 보게 되면 하는 감탄입니다. 병원 하면 으레 떠오르는 것이 내시경, 심전도, CT 등의 치료와 검사 장비입니다. 그러나 병원의 한구석에 있는 신생아집중치료실 인큐베이터에서도 '인생도처유상수'를 만나게 될 것입니다. 차마 손을 대기도 겁이 나고, 손을 대면 부서질 것 같은 작은 생명을 위하여 소꿉놀이 같은 치료를 하는 의료진들을 보게됩니다. 여기서도 생각지도 못했던 상수를 만났구나 하는 감탄사가 절로 나올 것입니다.

성인의 손바닥이나 볼펜보다 조금 큰 미숙아들, 질병을 앓고 있는 신생아들을 살리기 위해 신생아 치료 의료진은 불철주야 24시간 파수꾼이 되어 아기 곁을 지키고 있습니다. 의사들 중에는 생명을 인위적으로 소멸시키는 의사도 있습니다. 의사의 소명은 살리는 일입니다. 자기결정권이라는 미명하에 생명을 소멸시키려는 사회적 큰 목소리도 있습니다. 이제는 모든 의사들이 소멸보다는 살리는 의사들이 되었으면 좋겠습니다. 우리 사회도 어머니와 열 달을 동거하다가 사랑받기 위해 세상에 나오는 모든 생명을 축복해야 할 의무가 있습니다. 쉽게 쉽게 하나의 생명이 지워지는 현장이 있지만, 반대로 하나의 생명을 구하기 위하여 필사적인 사투를 벌이는 현장도 있습니다.

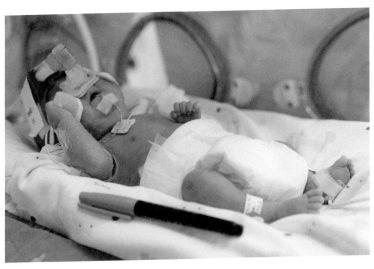

볼펜만 한 내 크기가 어때서!

이른둥이의 탄생을 바라보는 老의사의 따뜻한 시선

세상이 궁금해서 일찍 나왔니?

초판 1쇄 발행 2022년 10월 20일
초판 2쇄 발행 2022년 11월 10일

지은이　이철
발행처　예미
발행인　박진희 황부현
편집　김정연
디자인　김민정

출판등록　2018년 5월 10일(제2018-000084호)

주소　경기도 고양시 일산서구 중앙로 1568 하성프라자 601호
전화　031)917-7279　　**팩스** 031)918-3088
전자우편　yemmibooks@naver.com

ⓒ이철, 2022

ISBN 979-11-89877-95-8　03810